Mário de Andrade:
a morte do poeta

Eduardo Jardim

Mário de Andrade: a morte do poeta

CIVILIZAÇÃO BRASILEIRA

Rio de Janeiro
2005

CAPA
Evelyn Grumach

PROJETO GRÁFICO
Evelyn Grumach e João de Souza Leite

IMAGEM DA CAPA
Reprodução da obra Mário na rede *(1929, ponta-seca, 25,5 x 32 cm), de Lasar Segall (1891 Vilna – 1957 São Paulo). Acervo do Museu Lasar Segall – IPHAN/MinC*

CIP-BRASIL. CATALOGAÇÃO-NA-FONTE
SINDICATO NACIONAL DOS EDITORES DE LIVROS, RJ

J42m

Jardim, Eduardo
Mário de Andrade: a morte do poeta / Eduardo Jardim. – Rio de Janeiro: Civilização Brasileira, 2005.

Inclui bibliografia
ISBN 85-200-0689-2

1. Andrade, Mário de, 1893-1945. 2. Andrade, Mário de, 1893-1945 – Crítica e interpretação. 3. Modernismo (Arte) – Brasil. I. Título.

04-3112

CDD – 928.699
CDU – 929ANDRADE, M.

Direitos desta edição adquiridos pela
EDITORA CIVILIZAÇÃO BRASILEIRA
Um selo da
DISTRIBUIDORA RECORD DE SERVIÇOS DE IMPRENSA S.A.
Rua Argentina 171 – Rio de Janeiro, RJ – 20921-380 – Tel.: 2585-2000

PEDIDOS PELO REEMBOLSO POSTAL
Caixa Postal 23.052 – Rio de Janeiro, RJ – 20922-970

Impresso no Brasil
2005

A Paulo Antonio Paranaguá

Introdução

Quando eu tinha 18 anos, no final dos anos sessenta, tomei a decisão com dois amigos de fazer uma viagem, um pouco de estudos, um pouco de aventura adolescente, por um tempo indeterminado. Acabei ficando quase dois anos numa universidade da Bélgica, que era na verdade a base para as minhas explorações. Viajando de carona, dormindo em algum dormitório improvisado ou na casa de amigos, passei assim "os anos mais felizes da minha vida". Ao final desse período, sem que tivesse conseguido algum diploma e tendo visto de perto Maio de 68, desembarquei no Rio de Janeiro, com o país em plena ditadura mas com a vida cultural efervescente. Era o tempo do tropicalismo, das experiências do Teatro Oficina, dos últimos filmes do Cinema Novo e de música, muita música, sobretudo as canções do Caetano Veloso. Em todas essas manifestações da cultura da época estava presente alguma proposta de interpretação da realidade brasileira. Meu entusiasmo foi tão grande que comecei a relatar por carta a minha descoberta aos amigos que deixara na Europa. Data daí meu interesse por estudar a cultura e a arte feitas no Brasil.

O principal efeito do deslocamento propiciado pela viagem foi ter o cenário da vida cultural brasileira passado a ocupar um lugar de destaque como tema dos meus estudos. O retorno ao Brasil, por sua vez, possibilitou o contato direto com o que — hoje se pode notar — constituiu o último capítulo da história do modernismo brasileiro. Para além dos limites cronológicos do movimento artístico e literário, o modernismo determinou o modo de pensar da parcela mais significativa da inteligência do país durante aproximadamente cem anos — do último quartel do século XIX à penúltima década do século XX.

Quais eram as teses dessa doutrina que marcou desde as investigações dos cientistas sociais e historiadores até a literatura e as artes, por tão longo tempo? A mais importante delas tinha a ver com o modo como se concebia o processo de modernização do país. Para o modernismo, modernizar significava incorporar o país, compreendido como uma entidade particular, no concerto das nações modernas, concebido como um universal. O Brasil deveria percorrer uma trajetória de aproximação de um centro — a vida moderna — para poder ocupar uma posição definida a partir dele. A esse deslocamento em sentido horizontal associava-se um segundo, que envolvia uma compreensão da história e uma certa maneira de se relacionar com o passado. A modernidade era vista como uma meta a ser alcançada. Isso pressupunha uma concepção do tempo linear e progressivo, na qual a dimensão do futuro era destacada. O passado era desconsiderado ou, até mesmo, era visto como um fardo a ser descartado. O tema da revolução, que deveria assegurar a ruptura com as raízes que prendem ao passado e possibilitar o acesso à vida moderna, ocupou a atenção dos intérpretes da vida brasileira ao longo de toda a história do modernismo.

Em Euclides da Cunha, que profetizava a destruição das raças fracas pelas raças fortes, nos pioneiros das ciências sociais no final do século XIX, mais tarde, no modernismo literário, nas grandes sínteses elaboradas nos anos trinta, como *Raízes do Brasil*, de Sérgio Buarque de Holanda, e *Formação do Brasil contemporâneo*, de Caio Prado Jr., nas teses desenvolvimentistas e dependentistas dos anos cinqüenta, sessenta e setenta, em diversas correntes literárias e artísticas, esteve presente a crença na inevitabilidade do processo modernizador, concebido como a integração da parte-Brasil no conjunto das nações civilizadas. Por esse motivo, em cada um desses momentos estiveram em pauta a escolha e a administração dos meios para atingir uma mesma meta — o patamar moderno.

O estudo do modernismo literário e artístico, cujo principal representante foi Mário de Andrade, constitui uma importante oportunidade para mergulhar no âmago da doutrina modernista. Em sua principal vertente, nos anos vinte, o modernismo nas artes e na literatura apresentou uma versão singular do tema da modernização da cultura do país — o grande desafio da intelectualidade brasileira. Para seus participantes, a integração do país no concerto das nações cultas seria alcançada por meio da afirmação dos traços específicos da cultura nacional. A contribuição do país à vida moderna deveria conter uma marca distintiva. Essa tese determinou a orientação nacionalista do movimento, que elegeu como principal tarefa a pesquisa do elemento nacional. Naquele momento foram incentivados os estudos sobre a cultura popular, considerada a principal fonte da nacionalidade, o passado do país foi reavaliado, já que ele poderia conter a chave da identidade nacional, e propôs-se um novo conceito do papel do intelectual na vida brasileira. O artista e o escritor teriam a função de mediar o processo de nacionalização da cultura e das artes. Sua tarefa seria apreender a identidade da nação nas fontes populares e no passado para transmiti-la, na atualidade, ao conjunto da nação. O tom nitidamente pedagógico de muitas realizações modernistas resultou dessa noção que atribuía à atividade intelectual um valor de missão. Essa doutrina, que vinculou de forma tão íntima a vocação do artista e do intelectual aos destinos da nacionalidade, expandiu-se muito além dos âmbitos literário e artístico. Ela orientou os principais movimentos culturais no país até os anos setenta do século XX.

A formulação mais acabada das teses modernistas encontra-se na obra de Mário de Andrade. Foi nos textos do escritor paulista que a doutrina modernista, muitas vezes, ganhou forma, e a trajetória da sua vida refletiu o desdobramento dos ideais modernistas em todas as suas implicações. Os primeiros trabalhos de Mário de Andrade, do período da Semana de 22, já expressavam a adesão ao ideal modernizador. Pouco depois, sua posição determinou a reorientação do movimento na direção do nacionalismo. As obras da segunda metade da década de vinte e dos anos trinta corresponderam ao ambicioso programa de levantamento e de análise dos traços genuinamente nacionais da cultura. Ao mesmo tempo, amadureceu em Mário de Andrade a convicção de que a arte possui um significado coletivo e de que era preciso alertar para os males do individualismo e do formalismo. Todos esses propósitos ganharam, além disso, uma dimensão prática, pois eles nortearam a atuação de Mário de Andrade na vida pública, como foi o caso da direção do Departamento de Cultura de São Paulo, de 1935 a 1937.

Recompor a trajetória da vida de Mário de Andrade não representa, apenas, a ocasião para acompanhar a formulação dos principais tópicos do programa modernista e da sua realização ao longo dos anos. É também a oportunidade de examinar as contradições e os impasses dessa corrente de idéias. Mário de Andrade expressou a sua desilusão com o destino do modernismo em vários escritos, muitas vezes com tonalidade sombria, no período de 1938 a 1945, ano da sua morte. Seu desencanto dizia respeito à falência da inteligência em poder se aliar e servir a uma instância da vida coletiva. Mário de Andrade procurou recuperar, nesses anos, por vários caminhos, a unidade perdida. Seu esforço, porém, resultou malogrado. Cada uma a seu modo, as soluções que experimentou — a reorientação da técnica artística, a politização da arte e a experiência estética — foram conduzidas até um impasse que as tornou inviáveis. Nessa altura, teria Mário de Andrade percebido que estava presenciando o fim do ciclo modernista? Podem os gênios adivinhar na trama do tempo o momento da sua ruptura?

Este livro aborda aspectos da vida e dos escritos de Mário de Andrade nos últimos anos, quando foi tomado por um grande drama interior. Não por acaso, volta-se para esse período da vida do escritor. A relação que estabelecemos, hoje, com o modernismo é muito diferente da que foi vivida pelas gerações anteriores. Sentimo-nos muito mais próximos do seu insucesso do que do heroísmo impostado de muitas de suas figuras. Poderá a reflexão sobre o esgotamento da experiência modernista iluminar a nossa própria indigência? Conterá uma lição de sobriedade para o pensamento? Poderá revelar no fim do tempo algum sinal? Nietzsche apôs como epígrafe de *Aurora* uma sentença do Rig Veda: "Há muitas auroras que ainda não luziram!"

Capítulo 1

Mário de Andrade chegou ao Rio em julho de 1938. A saída de São Paulo foi uma tentativa de enfrentar a traumática experiência de intervenção no Departamento de Cultura pelo novo prefeito, indicado pelo Estado Novo, e sua demissão do cargo de diretor. Mário de Andrade tinha sido chamado para a chefia do Departamento por Paulo Duarte, três anos antes, na gestão do prefeito Fábio Prado. A idéia era fazer da experiência paulista o laboratório de um amplo projeto de alcance nacional, no caso da vitória de Armando de Sales Oliveira na eleição presidencial. Mário de Andrade deu tudo de si nessa empreitada. Em carta dirigida a Murilo Miranda, um jovem amigo do Rio, em 1936, ele se referiu à importância da posição alcançada na sua trajetória de vida. A direção do Departamento possibilitou a concretização na vida pública do critério de uma arte de ação "defendido desde bem mais de dez anos". A defesa desse critério exigiu a substituição do princípio tradicional da "arte pela arte" pelo de uma "arte de ação pela arte". A expressão revela que Mário de Andrade buscava orientar sua arte por um parâmetro político, sem reduzi-la, entretanto, a alguma forma de militância. Isso envolvia o sacrifício de qualquer idéia de perfeição em favor de uma utilidade mais momentânea. Porém essa posição não se identificava à dos jovens amigos comunistas. O Departamento havia libertado o escritor de um impasse asfixiante e permitia a realização da doutrina modernista com um alcance coletivo. Ele dera "uma continuidade objetiva" à "arte de ação pela arte". O modernista agora iria agir, iria se "embebedar de ações, de iniciativas, de trabalhos objetivos, de luta pela cultura".[1]

O Departamento de Cultura chefiado por Mário de Andrade foi organizado em cinco divisões — de

[1]Mário de Andrade, *Cartas a Murilo Miranda*, Rio de Janeiro, Nova Fronteira, 1981, p. 37.

Expansão Cultural, dirigida pelo escritor, de Bibliotecas, de Educação e Recreio, de Documentação Histórica e Social e de Turismo e Divertimentos Públicos. Na divisão de Mário de Andrade, foi criada a Discoteca Pública, foram feitos serviços de gravação de música erudita, de peças folclóricas e da fala brasileira, foram formados a orquestra sinfônica, um trio, um quarteto de cordas e dois corais. Exposições de artes plásticas foram montadas no centro da cidade, sessões gratuitas de cinema oferecidas, o Teatro Municipal foi reestruturado, passando a dar concertos para a população. Nas outras divisões, organizaram-se bibliotecas ambulantes, foram construídos parques infantis e fez-se o levantamento de importantes documentos históricos. Em 1937, o Departamento abrigou o I Congresso da Língua Nacional Cantada, que pretendeu estabelecer os parâmetros para a interpretação da música brasileira.

Todas essas realizações e outros projetos do Departamento foram interrompidos ou alterados com o golpe de novembro de 1937. Em abril do ano seguinte, em carta a Paulo Duarte, Mário de Andrade fez uma avaliação bastante pessimista daquele período. Afirmou ter sacrificado, por completo, com a direção do Departamento, três anos de sua vida começada tarde. Esclareceu:

> "Digo *por completo* porque não consegui fazer a única coisa que, em minha consciência, justificaria o sacrifício: não consegui impor e normalizar o Departamento de Cultura na vida paulistana."[2]

Desde o início, Mário de Andrade viveu com desconforto sua estada no Rio de Janeiro. Morou, primeiro, na rua do Catete, esquina da rua Santo Amaro, no bairro do Catete. Mais tarde, nos meses que antecederam a volta para São Paulo, em março de 1941, morou no alto da ladeira de Santa Teresa, no centro da cidade. Deu um depoimento muito vivo sobre o bairro em que morou em uma crônica — "Minha esquina". Em uma outra, "Calor", mostrou como ficou impressionado com o calor e com as baratas. Chegou a dar a Anita Malfatti sua opinião humorada sobre a situação moral dos cariocas:

> "Não serão as baratas uma das causas da profunda falta de integridade humana que me surpreende na gente carioca? Esta dissolução do ser, esta falta de

[2]Paulo Duarte, *Mário de Andrade por ele mesmo*, São Paulo, EDART, 1971, p. 158.

> discrição e de recato, esta intemperança moral dos guanabarinos deve ter alguma relação com a proximidade familiar das baratas, não há firmeza moral, não há inteireza intelectual que resista."[3]

Na capital do país, Mário de Andrade deve ter sentido falta do ambiente familiar protetor que deixou em São Paulo, onde vivia com a mãe e uma tia idosa, cercado por uma bem-cuidada biblioteca e a coleção de obras modernistas e de folclore. Além disso, o ambiente do Rio de Janeiro contrastava enormemente com o de uma São Paulo ainda provinciana. É possível que a vinda para o Rio tenha representado uma liberação dos constrangimentos de um cotidiano muito regrado e a oportunidade de exercer o que o poeta chamou de sua "assombrosa e quase absurda" sensualidade. A produção poética e ficcional dessa época é rica de sugestões nesse sentido. "Cantadas" e "Luar do Rio" são poemas de 1938 em que a paisagem carioca — as montanhas, o mar e a brisa — é investida de forte apelo erótico. "Cantadas" traz a confissão de prazeres que

[3]Mário de Andrade, *Cartas a Anita Malfatti*, Rio de Janeiro, Forense Universitária, 1989, p. 144.

nunca ousara e de "brisas intranqüilas de volúpias mal ousadas". O poema é uma celebração do prazer sexual, que chega a levar o poeta ao desfalecimento: "Meus olhos, minhas sevícias, / Minha alma sem resistências, / A Guanabara te entregas / Sem Deus, sem teorias poéticas...". E mais adiante: "Aiái, Guanabara! / Que todo me desfaleço...".[4] "Luar do Rio" acrescenta à menção ao jogo das "minhas mãos inquietas, / E o vento alcoolizado, / E as carícias das ilhas..." uma nota de melancolia, recorrente em poemas desta natureza.[5] Seu último verso refere-se à "imensa dor multissecular". E, mesmo, "Cantadas", um poema de exaltação sensual, inclui o verso seguinte: "Coxas satisfeitas feitas de ondas amargas". "Canção", composta dois anos mais tarde, retoma a imagem da brisa envolvente, identificada ao enlevo amoroso, que agora aparece não realizado: "A eterna espera da brisa, sem carinhos...Como me alegrarei?".[6]

Foi também no Rio de Janeiro que Mário de Andrade experimentou, em *Quatro pessoas*, o gênero do romance psicológico, que até então não havia

[4]Mário de Andrade, *Poesias completas*, São Paulo, Martins, p. 256-257.
[5]Mário de Andrade, *Poesias completas*, São Paulo, Martins, p. 258.
[6]Idem, p. 259.

explorado. Isso indica que a situação na nova cidade e a convivência com os novos amigos devem ter despertado o interesse por essa dimensão dos conflitos íntimos que antes não o atraíra. A redação do livro foi interrompida com a guerra, em 1940. Algum tempo depois, em uma entrevista, o poeta explicou:

> "Eu o estava escrevendo no Rio de Janeiro quando a notícia da queda de Paris me estarreceu. Não era mais possível preocupar-me com o destino de quatro indivíduos — envolvidos em dois casos de amor — quando o mundo sofria tanto e a cultura recebia um golpe profundo. Desisti."[7]

Também no Rio, começou a finalizar e a rever os contos que iriam compor *Contos novos*. Muitos aspectos dessa sensibilidade nova, aberta para os conflitos da intimidade, aparecem em passagens de "Atrás da Catedral de Ruão" e de "Frederico Paciência", que tratam da frustração sexual e do amor homossexual irrealizado.

Mário de Andrade também deve ter experimentado a mágoa da perda da posição destacada que

[7]Mário de Andrade, *Entrevistas e depoimentos*, São Paulo, TA Queiroz, 1983, p. 93-98.

tinha em São Paulo e, até, de uma melhor situação financeira. No Rio, ocupava uma função secundária, se comparada à dos amigos Drummond e Rodrigo Melo Franco, que tinham acesso direto ao ministro que os empregava. Antes de se instalar definitivamente na cidade, deu conta ao amigo Carlos Drummond de Andrade do andamento da nomeação no ministério. Queria um cargo modesto no Instituto Nacional do Livro, órgão do Ministério da Educação, e explicou: "Sou solteiro, não preciso ordenado forte e fico aí mais próximo de mim mesmo."[8]

Seu primeiro trabalho foi como diretor do Instituto de Artes da Universidade do Distrito Federal e professor de Filosofia e História da Arte. A UDF tinha sido criada no Rio de Janeiro, em 1935, por iniciativa de Anísio Teixeira, um dos líderes do movimento da Escola Nova — a corrente de idéias que esteve à frente das mais importantes reformas do sistema educacional no Brasil, como a fundação das primeiras universidades, nos anos trinta. Mais tarde, em seu legado, pode-se incluir a criação da Universidade de Brasília, nos anos sessenta,

[8]*Carlos & Mário*, Rio de Janeiro, Editora Bem-Te-Vi Produções Literárias, 2002, p. 462.

e dos Cieps, vinte anos depois. A República Nova, surgida com a revolução de 1930, trouxe para o primeiro plano o debate sobre a crítica situação da educação no país e os modos de enfrentá-la. Duas principais posições se confrontavam: de um lado, os católicos, de outro, os liberais escolanovistas. Os católicos, sob a liderança de Alceu Amoroso Lima, propunham um modelo educacional afinado com a alegada índole católica do povo brasileiro. Eles não pretendiam barrar o caminho da modernização da educação no país, mas queriam orientá-la por princípios religiosos. A posição liberal, por sua vez, reunia os signatários do Manifesto dos Pioneiros de 1932 e os que defendiam o caráter laico do ensino público. De acordo com sua visão da vida moderna, o processo educativo deveria ser concebido, antes de tudo, como capacitação técnica. Os escolanovistas prezavam as conquistas das ciências e nutriam-se dos ensinamentos do filósofo pragmatista norte-americano John Dewey.

No período getulista, o Ministério da Educação assumiu compromissos com as duas posições em confronto. A política educacional daqueles anos manifestou essa posição conciliatória, e os percalços da breve história da UDF, sua instabilidade e seu precoce desaparecimento fazem parte desse panorama. Mário de Andrade logo entendeu que a Universidade do Distrito Federal, criada pelo prefeito Pedro Ernesto, era a coisa mais construída na areia que encontrou no seu "turismo vital". Sua correspondência acompanha, sem manifestar surpresa, o processo que terminou com o fechamento da universidade em 1939.

Mário de Andrade preparou, com zelo, os cursos de Filosofia e de História da Arte, que ele reuniu em um só. Relatou em carta a Paulo Duarte que, depois de três anos envolvido com a chefia do Departamento de Cultura, tinha se atirado, "com volúpia indizível ao estudo e à literatura".[9] Esse foi um momento de intenso trabalho de pesquisa e de adensamento conceitual, que resultou na elaboração de "O artista e o artesão", a aula inaugural do curso, e nas muitas anotações. Mário de Andrade expôs no curso a sua compreensão da dimensão essencial da arte, considerada a partir da sua origem. Em uma aproximação do assunto característica de muitos autores da época, o escritor entendeu que a pergunta sobre a origem da arte, relativa às

[9]Paulo Duarte, *Mário de Andrade por ele mesmo*, p. 162.

necessidades básicas que determinam o seu aparecimento, deveria ser abordada pelo estudo das manifestações primitivas. Sua escolha justificava-se pelo fato de acreditar que a definição abrangente de alguma coisa deveria ser buscada nos "exemplos mais primários e mais complexos dessa coisa".[10] O estudo da arte primitiva, considerada primária e complexa, deveria levar à elucidação do problema mais amplo do significado da arte.

Nas anotações feitas para o curso, Mário de Andrade adotou a concepção de que a arte é, ao mesmo tempo, obra de sentimento e de expressão. De um lado, ela responde às exigências subjetivas derivadas de estados afetivo-nocionais que acompanham a apreensão da realidade e a sua valoração. De outro, a arte aparece como o esforço para exprimir objetivamente aqueles estados e, com o recurso da técnica, logra alcançar uma síntese — a obra de arte. Mário de Andrade notou, também, que os problemas de arte e de estética precisavam ser considerados de um ponto de vista histórico. Assim, entendeu que a arte, nos momentos felizes da sua realização, manifestou um equilíbrio entre

[10] Mário de Andrade, *Curso de Filosofia e História da Arte*, São Paulo, GFAU, 1955.

os pólos do sentimento e da expressão. Esse equilíbrio teria se perdido na época moderna, quando ocorreu a desvalorização do pólo expressivo da arte em benefício do sentimental. Isso se deveu a que a modernidade incentivou a inflação da figura do indivíduo-artista, provocando, por esse motivo, o desenvolvimento de uma mentalidade individualista que, por sua vez, conduziu a uma compreensão formalista da técnica artística. A aula inaugural — "O artista e o artesão" — contém um amplo painel da história da arte, com destaque para o período moderno, caracterizado como um desvio do verdadeiro destino coletivo da arte.

A imbricação de individualismo e de formalismo, típica da era moderna, continuou a determinar, de forma exacerbada, o cenário da arte na contemporaneidade. Mário de Andrade propôs, como uma reação a esse quadro, isto é, em uma perspectiva de superação do panorama moderno, a adoção de uma atitude estética. Por meio dela, seria dada uma nova direção para a técnica artística, que conduziria a uma revalorização da dimensão artesanal da arte. Para isso, o artista precisaria assumir um compromisso com as exigências materiais contidas em todo fazer artístico.

O aprofundamento da investigação sobre a situação do artista na modernidade proporcionou a Mário de Andrade a oportunidade de considerar o isolamento em que ele próprio se encontrava desde a saída de São Paulo. Com base em sua experiência e com o recurso dos novos estudos, tomou consciência do drama do artista moderno — que também era o seu — em um contexto em que não podia mais contar com a confirmação da sua vocação por alguma coletividade.

Ao longo de 1939, ao mesmo tempo que acompanhava os acontecimentos que culminaram com o fechamento da UDF, Mário de Andrade pleiteou sua nomeação para um cargo no Instituto Nacional do Livro, de que Augusto Meyer, um antigo companheiro da fase heróica do modernismo, era diretor. Na burocracia do Estado Novo, foi nomeado consultor técnico, chefe da Seção do Dicionário e Enciclopédia. Sua função era elaborar o projeto da Enciclopédia Brasileira. Mário de Andrade não estimava especialmente o empreendimento chamado por ele de "mais um dos granfinismos culturais do Capanema". A Enciclopédia terminou nunca sendo realizada, mas o projeto tem importância em si mesmo, tendo sido montado a partir de dois eixos principais — o da nacionalização da cultura brasileira e o da democratização do conhecimento. Além de não se sentir concernido pela proposta do Ministério, Mário de Andrade vivia com desconforto a rotina de funcionário e, sempre que podia, buscava o refúgio da casa na ladeira de Santa Teresa.

Os anos de 1939 e 1940 foram marcados pela situação política adversa nos planos nacional e internacional. Mário de Andrade sentiu de perto a repressão desencadeada pelo Estado Novo, que atingiu seus amigos muito próximos, como Paulo Duarte, que precisou exilar-se por vários anos e com quem manteve, nesse período, importante correspondência. Em diversos momentos muito penosos da estada no Rio de Janeiro, imaginou que também era perseguido e temia, nas situações mais corriqueiras, ser surpreendido pela polícia. Suas cartas são importante testemunho do clima de pânico nos meios intelectuais causado pelas medidas repressivas da ditadura. No plano internacional, vivia-se a expectativa da guerra e, logo em seguida à instalação do conflito, o acontecimento mais traumático, que impressionou muitíssimo o poeta, foi a queda de Paris, em 1940. Em carta a Sergio Milliet, de outubro daquele ano, afirmou:

> "E na Europa nem me fale! Vivo angustiado e jamais pensei amar tanto Paris como vejo agora que amo. A idéia de bombardeios destruidores, a imagem dos alemães entrando em Paris me horrorizam, fico num estado completo de desespero. Parece incrível mas é mesmo assim."[11]

Desde o momento da chegada ao Rio de Janeiro, Mário de Andrade foi tomado por uma angústia profunda que não o abandonou até a morte, em fevereiro de 1945. As cartas escritas nesses anos, enviadas aos amigos de São Paulo e, mais tarde, aos que deixou no Rio, trazem a confissão amargurada de uma crise que nunca conseguiu aplacar. Já nos primeiros dias na capital do país, relatou a Oneyda Alvarenga, amiga, antiga aluna e colaboradora no Departamento de Cultura, a aflição em que se encontrava:

> "Meu Deus, como me sinto no ar! Uma tristeza funda lá no fundo, uma tristeza que não se esclarece, não diz bem o que é e porque é. Não é solidão, tenho amigos sempre comigo. Não é falta de

[11]Paulo Duarte, *Mário de Andrade por ele mesmo*, p. 336.

> trabalho, tenho muito que fazer. Não é doença, sei gozar doença. Não é ambiente, nunca senti saudade do meu ambiente. É antes, um como que pressentimento de um grande erro, de qualquer coisa que não está certo mais, e que se não está certo é por minha culpa. Enfim, há qualquer coisa de desagradável em mim, talvez seja medo. Sim isso é incontestável: estou com muito medo. Um medo, você compreende, que não se define, não é medo dos homens, nem do ambiente, nem de mim mesmo. É só medo. Isso me deixa, por enquanto, bastante infeliz."[12]

A angústia foi um tema importante dos escritores modernos, sobretudo dos romancistas e, também, dos pensadores religiosos e dos filósofos. Na tradição das igrejas reformadas, em Lutero e em Kierkegaard, por exemplo, a angústia foi considerada em sua relação com o pecado. Já algumas correntes da filosofia contemporânea pretenderam ver na angústia não apenas a sua dimensão de sofrimento, mas também o que ela contém de potencialidade de conhecimento de si. Para Heidegger, a angústia cons-

[12]Mário de Andrade/Oneyda Alvarenga, *Cartas*, São Paulo, Livraria Duas Cidades, 1983, p. 138.

titui a oportunidade de passar de uma forma de existência inautêntica, banal, em que a relação com as coisas é pautada por um critério de utilidade, para uma outra, autêntica, revestida de gravidade e portadora de sentido. A suspensão da visão habitual das coisas promovida pela angústia motiva uma sensação de estranhamento e de desorientação — estados que justificam o seu aspecto penoso. Isso faz com que raramente a angústia possa ser suportada e também que se manifeste a tendência de reduzi-la a um outro sentimento de caráter mais definido e pontual — o medo. Este recurso permite a elisão do aspecto indeterminado da angústia e a sua substituição por um sentimento que se relaciona, em uma situação específica, com um objeto bem determinado que se procura evitar.

Ao referir-se, de forma expressiva, a "uma tristeza que não se esclarece, não diz bem o que é e porque é", Mário de Andrade buscava descrever a figura sem um contorno nítido da angústia que o acossava. Já nos anos seguintes, algumas vezes, relacionou o seu sentimento a ameaças bem localizadas, que tinham a ver com o ambiente político repressivo da época. O exílio do amigo Paulo Duarte e de outros conhecidos reforçava essa avaliação. Também, mais tarde, uma série de doenças que terminariam por levá-lo à morte motivou intensa preocupação.

No final de 1938, ao fazer o balanço do que ocorrera ao longo do ano, em um procedimento que adotaria também em outros anos, declarou em carta a Rubens Borba de Moraes:

> "Estou vivendo uma incrível de vida, principalmente agora que enfim todos os sucessos do ano deram no que tinham de dar nesta chama da vela que mais não sou: a Crise. Uma depressão nervosa total (não conte a quem possa levar a notícia em casa, a quem minto que estou ótimo), uma angústia pavorosa que me fecha as entranhas dia e noite e me impede respirar, com mania de perseguição que me faz desconfiar dos indivíduos que sentam ao meu lado no bonde, enfim e literalmente: Crise. Bom, na 'incrível vida' vivo de estudo e álcool. Estudo e dou lições de dia e me alcoolizo de noite pra poder dormir."[13]

[13]Rubens Borba de Moraes, *Lembrança de Mário de Andrade*, São Paulo, 1979, p. 29-30.

Poucos dias depois, apresentou um quadro ainda mais sombrio para Oneyda Alvarenga:

> "O seu gesto de boa amizade vindo em socorro dum amigo em véspera de estouro, teve jeito de bálsamo e bastante me sossegou. Por quanto tempo, não sei. A verdade é que tudo se acumulando, se acumulando para cima de mim, desgosto sobre desgosto, inquietação sobre dificuldades financeiras e mais um milhão de diabos, estou frágil demais pra agüentar e a crise arrebentou. Noites de angústia tremenda, meu estômago vai se aperta que não posso mais respirar. É o calor. Calor nada! Gosto deste calor, me sinto bem e as insônias terríveis não derivam do leal calor. Derivam de mim, derivam dos meus diabos. Ando grosseiro, descontrolado, tenho medo. Um homem trepa correndo no ônibus, penso que vai me seguir, porque não sei. Estou dormitando, passa um bonde e é uma descarga de metralhadoras, rebentou revolução em São Paulo, e eu fugindo escondido num décimo andar. Tem dias que amanheço tão afastado de meus gestos e frases que vou logo prevenindo todos que me desculpem se fizer alguma grosseria."[14]

[14] Mário de Andrade/Oneyda Alvarenga, *Cartas*, p. 166-167.

Seu sentimento não se alterou ao longo de 1939. As cartas do final do ano, ao fazerem novo balanço, repetem o tom de desesperança do ano anterior. Ao terminar a preparação do projeto da Enciclopédia, comentou com Paulo Duarte:

> "Aliás estou trabalhando em casa, porque estou mentalmente fatigadíssimo, num bem completo esgotamento intelectual, arreado de fobias. Basta que lhe diga que atualmente não posso andar na rua sozinho, é tamanho o mal-estar, tais as sensações de que vou me esbandalhar nas pessoas que vêm em sentido contrário, que, se não tenho algum amigo que me acompanhe, só posso andar de automóvel!"[15]

No ano seguinte — 1940 — o estado de desânimo agravou-se de forma dramática. Às frustrações acumuladas nos anos anteriores, somou-se a perplexidade diante dos acontecimentos da guerra na Europa. A carta a Oneyda Alvarenga, de final de dezembro, dava conta desse novo elemento complicador:

[15]Paulo Duarte, *Mário de Andrade por ele mesmo*, p. 180-183.

"Estou atravessando uma das maiores crises de desespero, de consciência de inutilidade, de pressa de viver o que não estou vivendo, enfim uma coisa cruel, irrespirável, insuportável, uma angústia culminante que não posso descrever.

Você me desculpe ter esquecido a sua consulta, mas nem ela nem coisa nenhuma consegue me interessar no momento. Talvez que a destruição, a destruição de tudo pudesse me dar um jeito de prazer, de interesse, hecatombes monstruosas, desaparecimento completo de civilizações seriam pelo menos incêndios-de-Nero dignos da gente olhar... Como o homem é egoísta... estou querendo tudo isso só por causa de mim, da minha vida insolúvel, da minha incompetência... Agora me bateu, nítida como nunca, a certeza de que estou desmoralizado e voltou a mania de perseguição. Tenho medo de tudo, só fico sossegado quando me fecho em casa escondido. Por favor, trabalhe mais uns tempos, a Discoteca não me interessa, nem a escolha dos discos, nem dos discos de alumínio, nem a vitória da Inglaterra. E tem um saxofone aqui perto, duas casas abaixo da minha, que estuda mais de duas horas, mais de 24 horas todo dia o 'Plaisir d'amour'. E o calor não pára um segundo de tinir. Tenho muita pena de mim,

> Oneida, sinto uma pena imensa de mim, tenho a impressão de que ainda podia fazer alguma coisa e não faço; e não posso fazer o que talvez quereria fazer. Só me interessa esperar a queda das 22 horas, pra ir beber uns chopes na Brahma, mas chego lá e fica da mesma forma desagradável, ventiladores soprando um vento de inferno, e gente da rua espiando, parece que vão me prender, me matar, não sei. Agora vou me embebedar até o dia primeiro do ano e depois reajo. Sejam felizes vocês, você, o Silvio, o Zé Bento, o Saia, que eu pretendo me alegrar, me esturricar de alegria, de uma alegria convulsiva."[16]

O que significa tanta angústia? Os amigos que acompanharam Mário de Andrade nos últimos anos buscaram esclarecer em vários depoimentos o que se passou neste período. Carlos Drummond de Andrade, ao preparar a edição das cartas do amigo, salientou que os males do poeta foram a falta de dinheiro e o precário estado de saúde.[17] Para justificar a sua avaliação, Drummond fez o levantamento detalhado das passagens da correspondência

[16]Mário de Andrade/Oneyda Alvarenga, *Cartas*, São Paulo, Livraria Duas Cidades, p. 303-304.

[17]*Carlos & Mário*, Rio de Janeiro, Bem-Te-Vi Produções Literárias, 2002.

relativas a estes dois aspectos. Listou mais de sessenta passagens com queixas sobre a situação financeira e mais de oitenta com relatos de problemas de saúde, a maior parte delas concentrada nos últimos anos. Drummond não é, no entanto, um observador arguto das aflições do companheiro. Em 1942, por ocasião da conferência "O movimento modernista", no Itamaraty, a que esteve presente, quando Mário de Andrade apresentou, tomado de emoção, sua avaliação amarga do modernismo e da sua vida, ele preferiu diminuir a importância do evento, considerando a atitude exagerada. Mário de Andrade atravessou muitas fases de doença nos últimos anos. Porém tudo leva a crer que elas faziam parte de uma situação mais geral de desamparo em que mergulhara desde 1938.

Já Paulo Duarte pôs a culpa de todos os males do amigo na saída do Departamento de Cultura. Em *Mário de Andrade por ele mesmo*, ele afirmou que "a expulsão de Mário de Andrade do Departamento causou-lhe um estado de choque espiritual do qual nunca mais voltaria". Tudo indica que a perda da posição de chefia e o desmantelamento do Departamento de Cultura foram golpes duríssimos sofridos por Mário de Andrade que alteraram o curso da sua vida. O significado desse episódio precisa ser examinado ao levar-se em conta a avaliação pelo escritor da sua posição no Departamento de Cultura para a efetivação do programa modernista.

As declarações de Moacir Werneck de Castro, que conviveu ainda muito jovem com o poeta, contribuíram com dados importantes para a visualização do ambiente do "exílio no Rio", nos anos de 1938 a 1941.[18] O autor acrescentou ao retrato conhecido de Mário de Andrade traços da sua personalidade até recentemente não considerados, como o conflito que envolvia a sua orientação homossexual. Isso esclarece, sobretudo, aspectos da poesia e da produção do ficcionista, em especial, do contista Mário de Andrade, como já havia sugerido o crítico João Luiz Lafetá.[19] Essas tensões, possivelmente, atravessaram a vida e a obra de Mário de Andrade em seu conjunto. Mas o que dizer dessa grande angústia de que foi tomado no período final da vida até a morte, em fevereiro de 1945?

O depoimento de Oneyda Alvarenga chegou mais perto de uma compreensão desses sentimentos.

[18]Moacir Werneck de Castro, *Mário de Andrade — Exílio no Rio*, Rio de Janeiro, Rocco, 1989.

[19]João Luiz Lafetá, *Figuração da intimidade*, São Paulo, Martins Fontes, 1986.

Em *Mário de Andrade, um pouco*, a discípula e amiga afirmou que preferia não especular sobre o sentido de tanto sofrimento para não escurecer ainda mais.[20] No entanto seu comentário sobre a longa carta escrita por Mário de Andrade no início de 1940 sublinha o impacto de uma ruptura do equilíbrio entre as duas forças que haviam sustentado a vida do poeta até aquele momento. Mário de Andrade afirmou nessa carta que sua personalidade estava baseada na bivitalidade de duas forças contraditórias. De um lado, ele experimentava as pressões de um domínio instintivo, a "vida de baixo", que o deixava exposto à intensidade dos apelos sensuais, tanto os de natureza prazerosa, quanto os penosos. De outro lado, era extremamente vigilante, comprometido com imperativos morais muito rigorosos, que comandavam o convívio com um abrangente círculo de relações e conferiam significado às suas atividades de intelectual. Na opinião de Oneyda Alvarenga, Mário de Andrade teria conseguido lidar, ao longo da vida, até 1938, com a oposição dessas duas forças, ao impor os critérios da vida "de cima" aos impulsos da "vida de baixo",

[20]Oneyda Alvarenga, *Mário de Andrade, um pouco*, Rio de Janeiro, José Olympio, 1974.

mesmo que, para isso, tivesse que anular aspectos decisivos da sua personalidade. Para a aluna dileta, a situação afigurou-se insustentável quando o sacrifício da "vida de baixo" passou a não ser mais socialmente reconhecido. Nessa altura, o poeta "que voluntariamente sacrificou a procura da beleza estética da sua obra literária, e mesmo a sua amplitude, acabou dolorosamente machucado pelo seu sacrifício".[21] Isso teria ocorrido, avaliou a escritora, não pelo fato de Mário de Andrade ter se arrependido da sua atitude, mas "porque não ouvia nos que o cercavam, no meio intelectual brasileiro, na organização social brasileira nenhum eco desse sacrifício".[22]

Todos esses comentários contribuem para uma aproximação do significado da extrema angústia que acompanhou Mário de Andrade nos últimos anos. A angústia corresponde, em geral, a uma situação de perda das referências que determinam a orientação no mundo. Ela manifesta um radical estranhamento, como se o mundo escapasse em sua totalidade. O mundo de Mário de Andrade tinha sido organizado em torno da sua vocação de artista.

[21]Idem, p. 108.
[22]Idem, ibidem.

Esta foi vivida de um modo que conformava a sua personalidade e o remetia a uma necessidade social. O contexto em que a vocação de Mário de Andrade se exerceu foi o movimento modernista, do qual ele foi o principal mentor desde 1922.

As principais teses do modernismo brasileiro foram formuladas no período de sua maior efervescência, nos anos vinte, e expressaram um tom claramente universalista, presente em suas duas fases — a que se iniciou com as primeiras manifestações, em 1917, e terminou em 1924, e a de 1924 em diante. Em uma das primeiras cartas ao amigo Manuel Bandeira, em fevereiro de 1922, Mário de Andrade declarou que movia, como Cocteau e Papini, "as mesmas águas da modernidade".[23] A declaração correspondia ao propósito central do movimento de modernização da cultura e da arte feitas no país, visando à integração no concerto das nações cultas. Ao mesmo tempo, definia uma compreensão da relação do modernismo com a história cultural do país — era preciso liquidar os vínculos que prendiam ao passado, já que eles eram considerados verdadeiros obstáculos para o processo modernizador.

[23] Mário de Andrade & Manuel Bandeira, *Correspondência*, São Paulo, IEB/USP, 2000.

Em uma primeira fase, os modernistas entenderam que a vida contemporânea brasileira, descrita freqüentemente de forma ingênua, exigia a incorporação de meios expressivos novos adequados a ela. Assim, antes de mais nada, o programa de modernização foi de atualização da produção cultural aos novos tempos. As linguagens artísticas vigentes até aquele momento foram caracterizadas como passadistas, pois diziam respeito a um momento histórico ultrapassado. O primeiro tempo do modernismo respondeu à exigência de modernização/atualização da vida cultural do país com a adoção de uma perspectiva imediatista. A simples incorporação de linguagens expressivas consideradas modernas deveria possibilitar o acesso ao patamar moderno. Dessa forma, pouco importava quais referências artísticas específicas fossem consideradas. Na verdade, interessava apenas que elas manifestassem um compromisso com padrões estéticos reconhecidamente modernos.

A partir de 1924, os modernistas se deram conta de que a perspectiva imediatista de incorporação no universo moderno era falha. Por maiores que fossem os esforços de modernização dos meios expressivos, a incorporação não se efetuava. Por esse motivo, eles passaram a defender que a modernização da vida cultural do país, isto é, a entrada do país no cenário da cultura mundial, dependia da afirmação dos traços culturais locais. Isso acarretou uma virada na trajetória do modernismo, que determinou o ingresso no segundo tempo do movimento, no qual o ideal universalista desdobrou-se nas teses nacionalistas.

Pode-se fixar o marco inicial desse período na publicação do "Manifesto da Poesia Pau-Brasil", de Oswald de Andrade, em 1924. O Manifesto reconhecia claramente que fazia parte de uma nova fase do movimento e expressava da seguinte forma essa situação:

> "O trabalho da geração futurista foi ciclópico. Acertar o relógio império da literatura nacional./ Realizada essa etapa, o problema é outro. Ser regional e puro em sua época."

As numerosas cartas de Mário de Andrade dessa época afirmam, repetidas vezes, que a entrada do país no ambiente moderno devia resultar do processo de abrasileiramento das artes e da produção cultural em geral. Ao dirigir-se a Joaquim Inojosa, em Recife, o escritor definiu sua posição da seguinte forma:

> "Veja bem: abrasileiramento do brasileiro não quer dizer regionalismo nem mesmo nacionalismo = o Brasil pros brasileiros. Não é isso. Significa só que o Brasil pra ser civilizado artisticamente, entrar no concerto das nações que hoje em dia dirigem a Civilização da Terra, tem de concorrer pra esse concerto com a sua parte pessoal, com o que o singulariza e individualiza, parte essa única que poderá enriquecer e alargar a Civilização."[24]

A reorientação do programa modernista fez com que a pesquisa do elemento nacional passasse a figurar como a meta principal do movimento. Na obra de Mário de Andrade, isso iria concretizar-se em um vastíssimo programa de levantamento e de análise dos traços genuinamente nacionais da cultura brasileira. Mário de Andrade indagava: onde podem ser encontrados os elementos definidores da nacionalidade? Sua resposta, nos últimos anos da década de vinte e ao longo dos anos trinta, foi

[24]Joaquim Inojosa, *O movimento modernista em Pernambuco*, Rio de Janeiro, Gráfica Tupy, s/d.

de que a nacionalidade estava depositada nas manifestações da cultura popular. Esta, por sua vez, foi identificada ao folclore, à coisa folclórica, como ele dizia. Para justificar sua posição, Mário de Andrade argumentava que o folclore é uma tradição móvel, dotada do poder de transportar determinados conteúdos inalterados ao longo do tempo. A identidade nacional constitui um desses conteúdos. Ela é como um substrato guardado na alma do povo, na arte do povo. Por causa disso, Mário de Andrade pôde argumentar que a nacionalização da produção artística do país, iniciativa que deveria condicionar a entrada no concerto das nações cultas, seria alcançada ao manter-se vivo o vínculo com as manifestações da cultura popular e folclórica.

A repercussão dessa doutrina em uma visão da arte que prioriza o seu significado coletivo é imediata. Na formação da identidade nacional, a arte tem a função de explicitar e de pôr em relevo os seus traços definidores. Ela precisará, para isso, manter vínculos estreitos com as manifestações artísticas populares. Nesse caso, a arte nunca será "secundária e inútil", como advertiu Mário de Andrade em uma carta a Manuel Bandeira, mas constituirá um elemento decisivo na formação de uma entidade coletiva.

Duas noções centrais destacaram-se, nessa altura, na obra de Mário de Andrade. A primeira, derivada das leituras de antropologia, entendia que o poder de coesão social da arte se revestia de uma dimensão religiosa. As manifestações religiosas visam a promover a religação dos membros de uma dada comunidade. Uma vez que a arte tem origem nas manifestações do culto, necessariamente coletivas, ela mantém o mesmo poder agregador. A segunda tese dizia respeito ao significado da vocação do artista e do escritor. Já que o artista participa, como principal oficiante, dessas manifestações coletivas, o seu trabalho, as suas angústias e o seu sacrifício têm uma importância reconhecida por todos. Nas sociedades em que a arte preserva uma função associativa, o artista vive a sua vocação como uma verdadeira missão.

Em "Cultura musical", de 1935, Mário de Andrade opôs ao ensino da música que se praticava habitualmente, voltado para a formação de virtuoses, a tarefa da socialização da cultura musical. A um critério individualista, o autor respondeu com a idéia de que a arte deveria estar integrada à vida do homem comum. Por esse motivo, afirmava:

> "Não desprezo o indivíduo e sei glorificar as criações, as forças e riquezas de que só ele é capaz: porém foram tais os descaminhos humanos na exaltação egoística do indivíduo, que nos vemos num momento agro do mundo em que qualquer idealidade tem de equiparar-se à religião, cujo resultado é fundir."[25]

Em *A expressão musical dos Estados Unidos*, de 1940, as mesmas teses foram retomadas em um novo contexto. Mário de Andrade entendia que a música norte-americana, por ter suas raízes nos cultos protestantes que envolviam uma participação muito ativa dos fiéis, manteve, em toda a sua história, um *ethos* coletivista. Essa situação contrastava com o que tinha ocorrido nos países católicos e remetia a música americana "às suas fontes originárias de manifestação social". A música tem nos Estados Unidos um significado comum em um duplo sentido. Ela é comum, pois está integrada à vida

[25] Mário de Andrade, *Aspectos da música brasileira*, São Paulo, Martins, p. 246-247.

do homem comum, não sendo uma ocupação exclusiva do virtuose ou do especialista. É comum, também, pelo fato de ter o poder de agregar os membros de uma comunidade. A conclusão do ensaio de 1940 é de que

> "principalmente: arte não consiste só em criar obras-de-arte. Arte não se resume a altares raros de criadores genialíssimos. Não o foi no Egito, não o foi na Idade Média, não o foi na Índia nem no Islã. Talvez não o seja, para maior felicidade nossa, na Idade Novíssima que se anuncia. A arte é muito mais larga, humana e generosa do que a idolatria dos gênios incondicionais. Ela é principalmente comum".[26]

Já o epílogo de *Macunaíma* tinha resumido, uma década antes, estas duas teses — a que afirma a função agregadora da arte e a que reconhece o valor coletivo da vocação do artista. O final da epopéia situa-se no momento em que a história de Macunaíma, herói da nossa gente, contada no livro, terminou e relata como o livro foi concebido. A saga de Macunaíma foi presenciada por um papagaio, que fazia parte do

[26]Mário de Andrade, *Música doce música*, São Paulo, Martins, p. 417.

séquito do imperador. Ele foi encontrado, um dia, por um homem a quem relatou tudo o que se passara. Este homem é o autor do livro que acabou de ser lido.

> "A tribo se acabara, a família virara sombras, a maloca ruíra minada pelas saúvas e Macunaíma subira pro céu, porém ficara o aruaí do séquito daqueles tempos de dantes em que o herói fora o grande Macunaíma imperador. E só o papagaio no silêncio do Uraricoera preservava do esquecimento os casos e a fala desaparecida. Só o papagaio conservava no silêncio as frases e feitos do herói.
>
> Tudo ele contou pro homem e depois abriu asa rumo de Lisboa. E o homem sou eu, minha gente, e eu fiquei pra vos contar a história. Por isso que vim aqui. Me acocorei em riba destas folhas, catei meus carrapatos, ponteei na violinha e em toque rasgado botei a boca no mundo cantando na fala impura as frases e os casos de Macunaíma, herói de nossa gente.
>
> Tem mais não."[27]

O encadeamento expresso no texto articula os "tempos de dantes", em que se passaram os feitos descritos no livro, e o tempo do leitor a quem o

[27] Mário de Andrade, *Macunaíma*, Arquivos-Unesco, 1988, p. 168.

epílogo se dirige. O papagaio e o escritor são os elos que asseguram esse encadeamento. O escritor faz com que a história originária, que contém a chave da identidade nacional, permaneça viva para os homens de hoje. Sua função, reconhecida coletivamente, é de apreender e de transmitir esta identidade.

Todo esse quadro sofreu uma alteração, em 1938, que determinou uma mudança profunda na vida de Mário de Andrade. A saída do Departamento de Cultura e a ida para o Rio coincidiram com a quebra do vínculo que assegurava o sentido da vocação do escritor e justificava todo esforço e todo sacrifício na elaboração da sua obra. A ruptura dos laços que articulavam a vocação do poeta à coletividade pôs por terra, também, o significado da obra já feita e condenou à superfluidade tudo que pudesse ainda realizar. Ao manter-se a referência à passagem do final do *Macunaíma*, ocorreu em 1938 que os dois pontos extremos da cadeia já não se comunicavam. Entre as formas coletivas da vida e a lida do escritor abriu-se um abismo intransponível. O sentimento de extrema angústia vivido por Mário de Andrade correspondeu à experiência da quebra desse encadeamento.

No início de 1941, a estada no Rio chegou a um ponto insuportável. Em março, Mário de Andrade decidiu, com um soco na mesa de um bar, o retorno a São Paulo, onde esperava alcançar algum alívio com o reencontro do ambiente familiar e dos velhos amigos. A expectativa, no entanto, não se cumpriu. Os anos seguintes foram os mais sofridos da sua vida. As doenças o afligiam, a dor de cabeça não cessava de o atormentar. No final de 1941, em carta muito amarga, relatou a Murilo Miranda que sua própria obra o repugnava e não mais se identificava com seu passado. Mencionou, pela primeira vez, nessa carta, a tentação do suicídio. A mesma avaliação orientou a feitura da conferência comemorativa dos vinte anos da Semana de 22, em abril do ano seguinte. Em outubro de 1943, declarou a Paulo Duarte:

> "A vida que estou levando este ano, principalmente por causa destas dores de cabeça que não me abandonam, tem sido a mais inútil e infecunda da minha vida desde que me lembro de ser gente. Imagino que numa possível biografia minha, o biógrafo teria que botar: o ano de 1943 não existiu."[28]

Mário de Andrade experimentou três modos de enfrentamento da angústia que o perseguia. O pri-

[28] Paulo Duarte, *Mário de Andrade por ele mesmo*, p. 272.

meiro deles surgiu durante a preparação do curso de Filosofia e História da Arte, na UDF, no segundo semestre de 1938. O curso pretendeu fazer o diagnóstico da situação da arte na atualidade e para isso recorreu a um retrospecto da história da arte. Por meio dele, Mário de Andrade deu-se conta de que a situação de isolamento do artista contemporâneo tinha a ver com o desvio individualista e formalista experimentado pela arte desde o Renascimento. Como uma reação a esse quadro, Mário de Andrade propôs que o artista contemporâneo assumisse uma atitude estética, pela qual passaria a subordinar a sua inventiva às exigências materiais envolvidas no fazer arte. A solução da conversão da arte à sua base artesanal inspirava-se em diversas tendências do pensamento e da arte da época, desde o espiritualismo católico até o funcionalismo em arquitetura. Todas elas pretendiam corrigir o desvio que acompanhou o processo pelo qual a arte moderna adquiriu autonomia face aos outros campos da experiência, como o religioso e o educativo. A superação da concepção da arte fundada na figura superdimensionada do artista moderno seria alcançada, ao imprimir-se uma nova direção à técnica artística. Ao invés de apresentar-se como um veículo para a expressão de uma personalidade, a técnica passaria a condicionar e a limitar o gesto do artista. Havia nessa proposta o sentido de uma destruição do eu. Isso se justificava, já que a sede da angústia estava localizada na interioridade do artista. Por entender que o doloroso desamparo tinha origem na exacerbação dos aspectos egóicos, derivada do processo de isolamento do artista moderno, Mário de Andrade convenceu-se de que a melhor maneira de saná-lo era a liquidação da própria interioridade.

A segunda saída experimentada por Mário de Andrade foi a da politização da arte — a mais tardia e, possivelmente, a mais trágica. Mário de Andrade relutou muito antes de alinhar-se favoravelmente à posição de uma "arte de combate". Porém os acontecimentos do início da década de 40 fizeram-no ceder. A solução ativista motivou a revisão da história do modernismo e da sua própria obra, nos anos seguintes, em várias ocasiões, entre as quais destaca-se a conferência "O movimento modernista", de 1942. Aqui, de novo, foi proposta a dissolução dos aspectos subjetivos ou pessoais da arte, só que, agora, ela seria alcançada através da submissão a determinados conteúdos ideológicos.

O último ensaio de Mário de Andrade — a introdução a um livro de Victor Seroff sobre o compositor soviético Dmitri Shostakovich — fez o elogio da arte "predeterminada a uma funcionalidade política da coletividade"[29] e buscou definir os parâmetros de uma estética comunista.

A fruição estética constituiu a terceira via de enfrentamento do desamparo em que se encontrava o poeta. Desde a segunda metade dos anos vinte, Mário de Andrade interessou-se em descrever e em analisar um conjunto de experiências que manifestava a disposição de acolher ao máximo a maior variedade de impressões sensoriais. Uma espécie de hiperestesia caracterizava desde os delírios do maleitoso encontrado na viagem à Amazônia, em 1927, a preguiça de Macunaíma, o enlevo amoroso descrito nos poemas do "Rito do Irmão Pequeno", no início dos anos 1930, a atitude generosa da *charitas* católica, vista na correspondência com a amiga Oneyda Alvarenga como o critério da crítica de arte, até a contemplação estética propriamente. Em cada um desses estados, a suspensão de toda atividade, o abandono do auto-interesse e a

[29]Mário de Andrade, "Chostacovich", in V. Seroff, *Dmitri Shostakovich*, Rio, O Cruzeiro, 1945.

decisão de acolher ao máximo os apelos sensoriais visavam à intensificação do contato com as coisas do mundo natural ou artístico, que surgiam, nessas circunstâncias, em sua "primeira integridade" e em seu "esplendor", como afirmava a nota sobre o prazer estético, de 1938. Entretanto, mais uma vez, impôs-se a exigência do aniquilamento do ego, resultado da tomada de posição antimoderna. Por esse motivo, a experiência estética passou a ser vista como um dos pólos de um modelo dual, no qual ela ocupava o lugar de uma forma passiva da experiência, em contraste com as dimensões do fazer e do agir, consideradas muito mais urgentes. Só o poema final — "Meditação sobre o Tietê" — escapou dessa perspectiva de superação dos impasses contemporâneos pela inversão do padrão moderno e conseguiu manter viva a tensão experimentada pelo poeta. É essa a razão da posição de destaque desses últimos versos.

Capítulo 2

O apartamento no bairro do Catete não ficava longe da sede da Universidade do Distrito Federal, onde Mário de Andrade dava aulas. Também era perto dos bares do centro da cidade, ponto de encontro dos novos amigos, sobretudo dos mais jovens. Nos primeiros meses na cidade, Mário de Andrade sentia-se bastante disponível para poder se dedicar à preparação do curso de Filosofia e História da Arte e ao estudo. Na mesma época, começou a retratar em suas crônicas as cenas do Rio de Janeiro, que passou a conhecer como morador. Suas observações guardam ainda o espanto do provinciano recém-chegado, ao mesmo tempo que são cheias de humor. Fez descrições do bairro em que morava, uma região já decadente, com sua população pobre de mascates e costureirinhas, de passeios noturnos na beira da praia, as calçadas cheias de baratas e de casais de namorados e das noites cariocas quentíssimas que tinham o poder de fazer tudo se dissolver e se juntar num enorme padecimento. Mas não lamentava apenas esse desconforto, sentia prazer nele também, porque se lembrava de outras situações já conhecidas, que também favoreciam uma espécie de estado de comunhão entre as coisas e as pessoas, que, de algum modo, ele perseguira ao longo da vida. Falava da esquina em que morava como sendo também uma esquina de mundo, pois estava consciente de que aquele era um momento de mudanças profundas na sua vida.

Não era do feitio de Mário de Andrade dar um curso exclusivamente erudito de Filosofia e História da Arte, mesmo porque seus alunos não eram teóricos do assunto, mas artistas ocupados com a execução dos seus trabalhos, sobretudo de artes plásticas. Seu propósito foi sempre de refletir sobre o significado da vocação do artista na atualidade — era assim que concebia a tarefa da filosofia da arte — e entendia que, para isso, precisava recorrer à contribuição da história da arte. Na aula inaugural do curso, "O artista e o artesão", proferida em meados de 1938, em uma passagem característica do seu modo de pensar, aproveitou a menção ao Salão de Maio, ocorrido em São Paulo alguns meses antes, para apresentar sua visão dos impasses da arte na atualidade. Do seu ponto de vista, o traço principal da produção artística contemporânea era o falso experimentalismo, que acometia desde os partidários da arte abstrata até os surrealistas. A uma inspeção mais detida, o aparente espírito de pesquisa dos trabalhos contemporâneos revelava-se puro formalismo. Essa apreciação negativa valia tanto para as artes plásticas, quanto para a música contemporânea. Nos dois casos, o predomínio de uma estética experimental foi o resultado da inflação do individualismo e do psicologismo. Para o crítico Mário de Andrade, o cenário atual constituía o momento mais acentuado do desvio da história da arte moderna, que fez com que o objeto da arte deixasse de ser a obra de arte para ser o próprio artista.

Todo o esforço de revisão da história da arte em que Mário de Andrade empenhou-se intensivamente correspondeu à preocupação de situar, por um viés histórico, a produção artística contemporânea.

O curso de 1938 foi dedicado às artes plásticas e o alvo principal da sua crítica foi o formalismo contemporâneo. A linha principal da argumentação da aula inaugural — "O artista e o artesão" — visava a abrir caminho para a superação dos impasses da produção atual. Tanto o diagnóstico dos males de hoje, quanto a sua cura seriam visualizados ao levar-se em consideração os dados da história da arte. Qual panorama se descortinava para Mário de Andrade, ao fazer o retrospecto da história da arte? Apenas dois períodos históricos eram considerados — o que antecedeu a era moderna e a modernidade, que, no caso das artes plásticas, iniciou-se com o Renascimento.

Mário de Andrade aproximou a arte das antigas civilizações mediterrâneas e a da Idade Média, pois via nelas a presença de um mesmo princípio diretor. Em todos os casos, a arte era regida por um critério ideal de tipo religioso ou filosófico, que condicionava a sua realização e expressava um valor coletivo. Assim, as pesadas construções do Antigo Egito, ao recorrerem ao material de grande durabilidade que é a pedra, tinham o propósito de assegurar uma morada para os homens depois da morte. No caso da Grécia, foi considerado o famoso nariz grego, presente na estatuária, que fundia em uma linha reta a testa e o nariz. O ideal de beleza presente nesta solução técnica de grande harmonia foi determinado por um parâmetro ideal de beleza dotado de significado filosófico e coletivo. Algo semelhante teria ocorrido na Idade Média. A busca da beleza na construção das grandiosas catedrais góticas não era o que principalmente perseguiam os anônimos artesãos. O impacto estético provocado por esses monumentos servia para pôr em relevo o poder e a majestade divinos e acompanhava o fervor da prece coletiva dos fiéis.

Nas culturas que antecederam a modernidade, os diversos aspectos da vida humana encontravam-se unidos por um princípio superior. As dimensões da ética, da religião, da política e da arte harmonizavam-se e era desconhecida a cisão entre a vida individual e a comunidade. A arte, na ausência de uma noção clara da individualidade e sem estar ainda vinculada à necessidade de expressão de alguma personalidade, tinha, freqüentemente, uma autoria anônima. Esse fato explica o caráter preciso e muito contido da inventiva das diversas técnicas artísticas daquela época. Freqüentemente, elas surgiam do enlace perfeito do gesto do artista com a matéria empregada na feitura da obra.

Este quadro sofreu uma alteração radical com o Renascimento, no início da Era Moderna. As transformações ocorridas nos séculos XV e XVI, cuja marca foi o aparecimento do individualismo, fizeram despontar uma figura inédita na história da cultura — o artista moderno. Naquela altura, pela primeira vez, a obra de arte pôde ser identificada pela sua autoria e passou a ser concebida como a exteriorização de uma verdade pessoal.

Ao mesmo tempo, um outro processo determinou que a busca da beleza passasse a ocupar o papel de objetivo exclusivo da arte. Nas sociedades tradicionais, a experiência estética estava subordinada ao propósito de veicular ideais religiosos, políticos ou filosóficos. Mário de Andrade recorreu à importante obra do pensador católico Jacques Maritain, *Arte e escolástica*, para mostrar como, na Idade Média, a beleza vivia o encantamento da fé e a ela permanecia atrelada. Foi a perda da autoridade da religião e da sua função unificadora que marcou a entrada na época moderna. Quando isso ocorreu, os diversos aspectos da experiência humana tornaram-se independentes e passaram a ser regidos por critérios próprios. Por esse motivo, também a experiência estética passou a ser reconhecida, no Renascimento, como um valor em si mesmo. O surgimento de uma estética filosófica e da crítica de arte nos séculos XVII e XVIII, com a preocupação de definir as regras para o ajuizamento do belo, refletiu essa nova situação. Mário de Andrade indicou que o passo decisivo para a entrada da arte na modernidade foi o processo de desidealização ou de materialização da beleza. Uma vez desprendida dos ideais norteadores, a arte passou a reconhecer como sua tarefa exclusiva a busca da beleza entendida como um valor autônomo. O formalismo típico da arte moderna foi o resultado desse processo. Uma nova noção de técnica artística foi introduzida, que celebrou como virtudes os excessos expressivos e o virtuosismo.

Mário de Andrade indagou na aula inaugural, sem indicar claramente uma resposta, qual teria sido o primeiro a surgir — o individualismo ou o formalismo. Provavelmente, o individualismo esteve na base da exacerbação do experimentalismo característico do cenário artístico moderno. De qualquer forma, o curso de 1938 teve por propósito pôr em relevo e examinar a imbricação desses dois aspectos, pois sua tese principal era de que o desvio formalista só se manifestou quando se impôs uma concepção da arte como veículo de expressão da personalidade do artista. "Não há regra que não possa ser superada em benefício da expressão." A frase atribuída a Beethoven foi várias vezes lembrada por Mário de Andrade como a divisa da arte moderna. Ela reúne em uma única fórmula as duas direções da estética dos últimos séculos. A arte é a expressão da personalidade do artista e, para alcançar seu objetivo, pode sacrificar até a sua base técnica de sustentação. O formalismo e o experimentalismo modernos, que, do ponto de vista da técnica, conduziram à desconsideração das exigências materiais contidas na arte, foram a conseqüência da inflação da figura do indivíduo ocorrida na arte desde o Renascimento.

Mário de Andrade era músico de formação. Concluiu os estudos de piano e de canto em 1915, no Conservatório Dramático e Musical de São Paulo e logo se tornou professor. Poderia ter sido um concertista, mas desistiu ainda estudante por causa de um tremor nas mãos, decorrente de uma grave crise por ocasião da morte do irmão em um acidente, em 1913. Em 1922, pouco antes da Semana de Arte Moderna, assumiu a cátedra de Estética e História da Música no Conservatório. Foi um professor aplicado e muito querido. Preparou para seus alunos os livros de história da música — *Compêndio de história da música*, de 1929, incluído nas *Obras completas* como *Pequena história da música* — e de estética musical, deixado inacabado.[30] As principais teses do pensamento estético-musical de Mário de Andrade já estavam delineadas desde os anos vinte.

O lugar ocupado pelo Renascimento, no caso das artes plásticas, passou a ser do romantismo na *Pequena história da música*. Mário de Andrade fez o processo da estética musical romântica do mesmo modo como havia questionado o formalismo nas artes plásticas. Também na música, apontou para o processo de secularização, através do qual o compositor moderno deixou de atender a um compromisso litúrgico e passou a conceber a sua obra como um valor autônomo. Na modernidade, pela primeira vez, a música não acompanhou mais a palavra e os instrumentos puderam soar livremente.

[30]Mário de Andrade, *Introdução à Estética Musical*, São Paulo, Hucitec, 1995.

O elogio do classicismo expresso no compêndio de 1929 nunca foi desmentido em textos posteriores. Para Mário de Andrade, os séculos XVII e XVIII foram um momento único na história da música, no qual a composição musical foi guiada por motivos estritamente musicais e os músicos foram verdadeiros operários da sua obra. Ali, viveu-se a oportunidade raríssima de se fazer música pura.

Mário de Andrade aproveitou a conhecida anedota a respeito de Mozart, que relata o episódio em que o compositor recebeu um pontapé do enviado do seu patrono, arcebispo Coloredo, para marcar o ponto de ruptura do classicismo e a introdução do ideal romântico. Ao pontapé recebido como resposta ao seu pedido de demissão, Mozart teria reagido com um pontapé na própria arte. Aqui, de novo, Mário de Andrade pôs em destaque o enlace das duas tendências que determinaram a entrada na era moderna. O gesto de Mozart representou a tomada de posição do novo artista que rejeitava a submissão a todo poder que não fosse o da sua arte. A insubordinação do compositor relativamente aos poderes da Igreja e da nobreza, na composição das suas óperas, contrastava com a situação em que Bach vivera, alguns anos antes, na Thomaskirche, com a de Haydn, na corte dos Esterházi, ou com a de Palestrina, na capela papal. Firmou-se, com Mozart, o perfil do músico moderno, freqüentemente um virtuose entretido com o cultivo da arte como expressão da sua personalidade. Mário de Andrade entendeu que, naquela altura, uma nova forma de servidão passou a vigorar. No romantismo, a composição musical teve que obedecer às necessidades expressivas dos sentimentos e das idéias do artista. Foi essa inflação da figura do indivíduo artista que motivou uma alteração completa da técnica musical, ao desprender-se da base material e, finalmente, conduzir ao desvio formalista.

A partir de 1938, Mário de Andrade intensificou o processo contra o romantismo. As mais importantes iniciativas nessa direção foram "Romantismo musical", conferência de 1941, e a importante reavaliação de Chopin, "Atualidade de Chopin", de 1942, elaboradas no momento em que o escritor refletia sobre as mudanças recentes ocorridas na sua vida. A vinda para o Rio de Janeiro e o estado de solidão motivaram a meditação sobre o isolamento do artista contemporâneo. Por sua vez, a revisão da história da arte iniciada no curso de 1938 veio indicar que os impasses contemporâneos deitavam raízes no âmago da história moderna.

Qual a tese de "Romantismo musical", conferência de 1941?[31] Para Mário de Andrade, a concepção romântica acreditava que os sons musicais valiam como palavras que deviam corresponder, na inteligência, a uma imagem objetiva, a uma idéia abstrata ou a um sentimento. Para o romântico, um ré bemol ou um intervalo de terceira não continham apenas um conteúdo sonoro, mas atendiam à exigência de transmitir algum tipo de mensagem. A música tinha que obedecer a um critério comunicativo. Mário de Andrade notou que a confusão entre as palavras e os sons musicais não era propriamente um erro, mas o desvio de uma determinada convenção. Entretanto, no caso do romantismo, a eleição desse critério como base exclusiva da composição conduziu a uma grave desarticulação da técnica musical. A música do período clássico tinha sido composta sobre princípios estritamente musicais. A inventiva dos compositores clássicos era condicionada pelos recursos sonoros fornecidos pelos instrumentos e jamais desprendeu-se da base

[31]Mário de Andrade, "Romantismo musical", *O baile das quatro artes*, São Paulo, Martins.

artesanal. Para se perceber a verdadeira destruição da forma promovida pelo romantismo bastaria contrastar a figura de um músico romântico com a de Scarlatti, retratado por Mário de Andrade em artigo de 1944. As sonatas para cravo do compositor italiano mostram que, no século XVII, a música obedecia às exigências sonoras do próprio instrumento, ao invés de impor uma solução independente. Mário de Andrade explicou:

> "A essência primeira da sua música, da sua base artesanal, está em que ele não pretendeu que o instrumento desse o som que ele, Scarlatti, 'queria dar', mas obedeceu ao som que o instrumento 'podia' dar."[32]

Já no romantismo, quando a idéia musical teve que ser transmitida e a música "adquiriu o dom da fala",[33] as formas musicais se desarticularam e destruiu-se a própria consciência artesanal.

Mário de Andrade concluiu seu exame com a afirmação de que o movimento romântico teria

[32]Mário de Andrade, "Scarlatti", *Revista Brasileira de Música*, Volume IX, 1944.
[33]Mário de Andrade, *O baile das quatro artes*, p. 42.

antecipado os principais aspectos do cenário atual, considerado um "dos mais afirmativos, dos mais vaidosos, dos menos humildes diante da obra de arte...".[34] O individualismo e o formalismo característicos do romantismo conduziram aos impasses da situação contemporânea, na qual "o objeto da arte não é mais a obra de arte, mas o artista".[35]

No segundo semestre de 1938, Mário de Andrade esteve ocupado com a preparação do curso da UDF. Existem anotações dessa época que serviram de base para as exposições orais e fichas de leitura. Parte desse material é dedicada ao estudo das artes primitiva e infantil, pois Mário de Andrade acreditava, com outros contemporâneos, que a definição da arte seria alcançada pelo exame das suas manifestações mais simples. Em outras passagens, nota-se o esforço de proceder conceitualmente, em uma investigação de natureza filosófica sobre a arte. De acordo com esta perspectiva, a arte conteria duas dimensões — a objetiva e a subjetiva. A primeira corresponderia aos recursos expressivos necessários para realizar a obra

[34]Idem, p. 32.
[35]Idem, p. 32.

de arte. Neste caso, seriam considerados os aspectos técnicos envolvidos na realização de uma obra. A segunda dimensão teria a ver com o conteúdo sentimental da arte. Toda obra de arte deveria manifestar o equilíbrio entre esses dois pólos. O artista escaparia do círculo das impressões subjetivas ao ser capaz de utilizar, com habilidade, os procedimentos técnicos. Por sua vez, os dados subjetivos ganhariam importância objetiva ao serem transformados pelo trabalho do artista. A combinação harmoniosa desses dois pólos é o ideal que toda arte deve perseguir. Entretanto, na atualidade, teria ocorrido a inflação do pólo subjetivo, acarretando o abalo da base técnica responsável pela capacidade de expressão objetiva da arte. Mário de Andrade chegou, por essa via, às mesmas conclusões da revisão da história da arte que já empreendera. Nos momentos históricos de afirmação do individualismo, as formas artísticas foram ameaçadas e firmaram-se o experimentalismo e o formalismo. O resultado desse processo, nos dias atuais, foi que a arte fechou-se em si mesma e desviou-se do seu verdadeiro destino coletivo.

Como superar estes impasses?

O curso de 1938 constituiu o primeiro e principal esforço para orientar a arte no sentido da superação dos limites do moderno. Em "O artista e o artesão", em "Elegia de abril" (1941) e em outros textos do período, Mário de Andrade partiu do pressuposto de que a revolução moderna era irreversível, pois já não era possível contar, àquela altura, com algum princípio de aglutinação e de orientação das várias esferas da experiência. Os impasses da contemporaneidade teriam que ser resolvidos não pelo recurso aos valores tradicionais, mas contando apenas com os meios disponíveis atualmente. Nessa direção, Mário de Andrade centrou sua atenção no exame do conceito de atitude estética, um tópico conhecido do pensamento estético moderno.

Os teóricos do século XVIII, Kant e Schiller entre outros (o segundo foi mencionado por Mário de Andrade em "O artista e o artesão"), utilizaram a noção de atitude estética para dar conta da perspectiva contemplativa característica do espectador da arte. Para esses autores, a apreciação estética exige que se tome uma certa distância das coisas para que a sua beleza possa ser visualizada. A adoção dessa postura de máxima atenção e de nãoenvolvimento, decisiva na determinação da experiência estética, foi chamada de desinteressada. Para a estética do Iluminismo, o desinteresse constituía o traço principal da postura do espectador da obra de arte e não da atitude do artista envolvido com a feitura da obra.

Para a definição da atitude estética, Mário de Andrade inspirou-se na formulação clássica, mas afastou-se dela ao tratar o desinteresse como supressão do auto-interesse e ao identificá-la a um procedimento de natureza técnica. A técnica, no sentido em que foi concebida nessa altura, é "uma relação entre o artista e a matéria que ele move" — "a pedra, o óleo, o lápis, o som, a palavra, o gesto, a tela, o pincel, o camartelo, a voz, etc.".[36] Para "O artista e o artesão", a adoção de uma atitude estética exige a subordinação do gesto criativo do artista às exigências materiais contidas em todo artefazer. A arte é aproximada do artesanato, tomado como a sua base. O elogio da música de Scarlatti se justificava, pois ela tinha sido feita por um "dos músicos mais irredutivelmente musicais que eu conheço". Scarlatti nunca traiu a base

[36]Mário de Andrade, *O baile das quatro artes*, p. 25.

artesanal em suas composições, nunca deformou. Ao contrário, obedeceu sempre ao som que seu instrumento — o cravo — podia dar.[37] Também em "Atualidade de Chopin", são os atributos da contenção formal e da obediência às exigências da matéria sonora que definem o perfil quase clássico do compositor romântico.

Na determinação do conceito de atitude estética, Mário de Andrade tomou como referência alguns aspectos da produção artística contemporânea e a arte folclórica, descoberta no período do nacionalismo modernista, no final dos anos vinte. Uma lição importante ele encontrou na orientação funcionalista presente nas artes aplicadas e na principal corrente da arquitetura moderna. Mário de Andrade escreveu, algumas vezes, sobre arquitetura, sobre os princípios do funcionalismo e, nos anos quarenta, sobre Lúcio Costa. Ele entendeu que, entre as várias artes, a arquitetura se destacava como a menos sujeita à deformação do formalismo. As invenções técnicas do arquiteto são condicionadas, em grande parte, pela função a que a obra se desti-

[37] Mário de Andrade, "Scarlatti", *Revista Brasileira de Música*, vol. IX, 1944.

na. Isso faz, também, com que a sua arte permaneça vinculada às exigências do material empregado. Para Mário de Andrade, o princípio da economia formal característico da arquitetura orienta, também, a feitura das artes aplicadas e as manifestações folclóricas. Uma crônica no jornal *O Estado de S. Paulo*, "Moringas de barro",[38] de 1940, contrasta a arte popular, na qual a invenção artística permanece referida à funcionalidade da obra e a beleza "implica a própria forma útil do objeto, com ela se identificando", com os produtos da pequena indústria, chamados "popularescos", nos quais as soluções artísticas aparecem como mera superfetação, motivadas pelo exclusivo instinto de agradar.

Mário de Andrade, freqüentemente, defendeu o ideal da arte posta a serviço da vida do homem comum. Propôs no discurso de paraninfo dos alunos do Conservatório Musical de São Paulo, em 1935, como orientação acadêmica, não a formação de virtuoses mas a de músicos participantes dos afazeres da vida de todo dia. Muitas vezes, também,

[38]Mário de Andrade, *Será o Benedito!*, São Paulo, Educ, 1992, p. 91.

mostrou simpatia pela posição serviçal dos compositores antigos que não hesitavam em acompanhar com a sua música as manifestações coletivas, como as festas e as missas.

Apesar disso, no fundo, a doutrina de Mário de Andrade não é funcionalista. O funcionalismo compreende todas as coisas de acordo com a sua serventia. Até mesmo a matéria de que uma coisa é feita é escolhida em função do para quê ela serve. Ora, para Mário de Andrade, o princípio que rege a atitude estética não deriva tanto da serventia das coisas, mas da exigência de subordinação do gesto criativo do artista à matéria com que lida. Mário de Andrade é, na verdade, um materialista. Os filósofos diriam que a base da concepção da arte de Mário de Andrade reside na afirmação da prioridade da causa material tanto sobre a causa formal, o gesto do artista, quanto sobre a causa final, aquilo para que ela serve.

As primeiras linhas de "O artista e o artesão" mencionam a importante obra de Jacques Maritain, *Arte e escolástica*. Mário de Andrade partilhava as preocupações críticas do filósofo católico relativas à situação da arte moderna, marcada pela supervalorização da figura do artista e o menor destaque dado à própria obra. Maritain afirmava, com base nos autores escolásticos, por sua vez, leitores de Aristóteles, que a arte, diferentemente da ação moral, que visa ao bem do homem, é a virtude reguladora do fazer, da *poièsis*, que só existe para o bem da obra. Maritain possibilitou a Mário de Andrade situar a sua estética na contramão das correntes subjetivistas modernas. Entretanto Mário de Andrade não é um maritainista. O maritainismo é um espiritualismo, que vê a arte como a impressão da forma em uma matéria. Ora, para Mário de Andrade a noção de atitude estética é vazada em preceitos estritamente materialistas.

Como explicar esta tomada de posição tão decidida? Sua razão de ser encontra-se na revisão da história da arte empreendida, de forma intensiva, a partir do curso de 1938, que envolveu uma avaliação negativa da arte do período moderno. Esta revisão esteve na base da definição da noção de atitude estética, como se o propósito de Mário de Andrade fosse de inverter a direção tomada pela arte nos últimos séculos. Com a ruína das sociedades tradicionais, já não era mais possível organizar a vida das comunidades em torno de um ideal coletivo. O individualismo passara a ser o traço principal da mentalidade desse período, tendo originado, no caso da arte, o surgimento de uma concepção formalista da técnica artística. Para Mário de Andrade, a superação dos limites do moderno seria alcançada ao opor-se ao desvio formalista um franco materialismo. A esse respeito, o escritor procedeu, como, aliás, em outros pontos da sua obra, baseado em uma perspectiva dualista. No caso, de forma destacada, estava em jogo a oposição entre os conceitos de forma e de matéria. Além dessa, outras oposições estiveram envolvidas na definição da noção de atitude estética — a de formalismo e materialismo, de artista e artesão, de individualismo e coletivismo, de classicismo e romantismo. Mário de Andrade adotou um procedimento recorrente na consideração dessas oposições. Em primeiro lugar, visualizava uma situação em que um dos pólos da relação era dominante. Em seguida, operava a inversão desse quadro. Para chegar ao conceito de atitude estética, inicialmente, descreveu o cenário moderno marcado pela imbricação de individualismo e de formalismo. Em seguida, por meio da sua inversão, obtida pela afirmação da tese materialista, abriu caminho para a consideração de um conceito coletivista da arte.

Em que medida a adoção da atitude estética, compreendida como um procedimento técnico no qual a força da matéria impõe-se ao gesto do artista, seria capaz de conduzir a arte na sua verdadeira vocação coletiva? Para Mário de Andrade, a técnica, em sua essência, apresenta uma dimensão ética. Tal como definida aqui, ela envolve a limitação da inventiva do indivíduo-artista pelas exigências da matéria. A técnica apresenta, por sua própria natureza, uma tendência antiindividualista. A atitude estética expressa uma situação na qual "podemos conceber um espírito tão vaidoso de suas vontadinhas que se sujeite, que se escravize às mais desbridadas liberdades", porém, ao mesmo tempo, a matéria, "tem suas leis, porventura flexíveis mas certas, tem suas exigências naturais, que condicionam o espírito".[39]

A doutrina estética que atribui à técnica artística uma dimensão intrinsecamente ética orientou também a apreciação de vários artistas, sobretudo dos músicos. No caso de Scarlatti, músico de corte,

[39]Mário de Andrade, *O baile das quatro artes*, p. 25.

foram as opções de natureza técnica que o levaram a ultrapassar os limites de um ambiente apequenado e fizeram dele um músico popular. "E ele é sobretudo um dos exemplos mais espantosos da técnica profissional moralizando a funcionalidade do artista."[40] Em Chopin, Mário de Andrade sublinhou, na conferência de 1941, a entrega total à sua arte, de que resultou que "permanecendo musical inteiramente e só música, não esperdiçando os seus sons, as suas melodias, os seus baixos formidáveis, em literatices de programa itinerante, este gênio viveu a vida em música, sem esquecer jamais que a música tem vida própria e um material que lhe é particular".[41] A base técnica da música de Chopin fez com que ele descesse "na terra desta nossa humanidade" e convertesse "o êxtase do indivíduo num valor humano".[42]

Mário de Andrade preparou para o primeiro número de *Clima*, revista editada por um grupo de jovens universitários de São Paulo, em 1941, "A elegia de abril", artigo em que apresentou um panorama muito crítico da intelectualidade da

[40]Mário de Andrade, "Scarlatti", *Revista Brasileira de Música*, p. 22, vol. IX, 1944.
[41]Mário de Andrade, *O baile das quatro artes*, p. 150.
[42]Idem.

época. Ele acreditava que os modernistas de 1922 tinham sido, quase todos, uns inconscientes, mas, quando necessário, tinham sabido enfrentar os desafios de seu tempo. Já a geração seguinte elegeu o fracassado como personagem principal. A escolha desse personagem constituía, para Mário de Andrade, o sintoma de um estado de desistência que era preciso combater. O combate não se daria por meio de qualquer alinhamento a uma plataforma política, mas por uma intensa dedicação à técnica de cada arte. A lida com os materiais, na qual o gesto do artista se limita, se ordena e se realiza, contém uma potência moralizadora. Por meio dela, o artista romperia o círculo estreito da sua individualidade, se deixaria condicionar pelo seu tempo e o superaria, "o desbastando de suas fugaces aparências".[43]

Por meio da atitude estética, que converte a técnica a uma perspectiva materialista, Mário de Andrade pretendeu liquidar toda forma de individualismo. Isso era possível porque as iniciativas do artista eram subjugadas pela força da matéria. Todo tipo de auto-interesse era anulado em um procedi-

[43]Mário de Andrade, *Aspectos da Literatura Brasileira*, p. 193.

mento que envolvia a destruição do eu. Essa foi uma das vias experimentadas pelo poeta para enfrentar a terrível angústia que o atormentava desde 1938. Ele compreendeu que o seu desamparo era resultado do isolamento que condenou o artista moderno ao recolhimento no próprio eu. A atitude estética vinha mostrar que a angústia podia ser sanada se a sua própria sede — a interioridade do artista — fosse destruída.

No seu tempo, Mário de Andrade não estava sozinho na defesa dessa posição. A valorização da arte como um fazer, como o honesto fazer (do *honestum* latino, que quer dizer a sua "dignidade"), a compreensão do fazer como a lida com a matéria, e, ainda mais, a valorização da dimensão artesanal da arte são traços que definem uma concepção de mundo própria da geração de frente, das vanguardas do período de entre as duas grandes guerras. Esse grupo de intelectuais, de artistas e de pensadores — de que fazem parte desde o católico Maritain, passando por Brecht, os membros da Bauhaus, os artistas do período pós-revolucionário na União Soviética, até os defensores da nova arquitetura — manifestava com essa perspectiva abertamente antiformalista seu repúdio ao individualismo burguês e propunha a destruição da figura romântica do gênio. De forma significativa, o poeta T. S. Eliot pôs na dedicatória de um dos mais importantes poemas da época, "The Waste Land" ("A terra desolada"): "Para Ezra Pound — il miglior fabbro", isto é, "o melhor artesão".

Em seu estudo sobre as origens do totalitarismo, Hannah Arendt apontou para o contraste entre a mentalidade das elites intelectuais e do populacho, segmentos importantes na formação dos movimentos totalitários, nos anos vinte e trinta. O populacho sentia-se fascinado pela figura do gênio e se dispunha a idolatrá-lo. Sua opinião foi expressa nas declarações de Goebbels de que "a maior felicidade que um homem pode experimentar hoje" é ser um gênio ou servir a um gênio. Já as elites intelectuais cultivavam o anonimato e negavam a existência do gênio. Hannah Arendt lembrou que todas as teorias da arte da época (ela mencionou explicitamente os teóricos da Bauhaus e Brecht) procuravam provar "que a excelência resulta da habilidade, do artesanato, da lógica e da realização das potencialidades do material".[44] O surgimento das propostas antiformalistas, a valorização da figura do artista operário, a voga do retorno ao artesanal manifestavam a intenção de liquidar a figura do artista moderno, filho da burguesia, cioso da sua autonomia e das "suas vontadinhas". Essa destruição era pregada pelas elites, mesmo que elas soubessem que, com isso, seus membros estariam fadados ao desaparecimento.

O enfrentamento da angústia pela destruição do eu esteve presente também em dois outros caminhos experimentados por Mário de Andrade nesses anos — o que defendia a posição de uma arte de combate e o que propunha a elaboração do tema da fruição estética. Assim como aconteceu com a atitude estética, também nos dois outros casos esteve em jogo a liquidação de toda forma de autointeresse, que, finalmente, deveria resultar na anulação do eu. A ênfase dada a essas soluções e o tom dramático com que foram descritas indicam que Mário de Andrade as considerava saídas para

[44]Hannah Arendt, *Origens do totalitarismo*, São Paulo, Companhia das Letras, 1989, p. 382.

a angústia que o ameaçava. Tudo se passava como se o fim do sofrimento devesse ser alcançado com a dissolução da sua sede localizada na interioridade.

Capítulo 3

A saída da angústia pela politização da arte foi a mais trágica das que foram tentadas por Mário de Andrade. Ela foi responsável pelo tom depreciativo das avaliações tardias da sua vida e esteve associada ao quadro de depressão e de doenças dos últimos anos. Mário de Andrade relutou em adotar a posição de uma "arte de combate". Por algum tempo, pretendeu que seria mais autêntico tomar uma via interna para conduzir a arte à sua verdadeira vocação coletiva, por meio de uma reorientação da técnica artística, isto é, pela adoção de uma atitude estética.

De acordo com essa orientação, Mário de Andrade expressou, freqüentemente, sua discordância das posições hiperpolitizadas adotadas, no calor do debate, por escritores comunistas e integralistas. Na época em que dirigia o Departamento de Cultura (1935-1937) respondeu ao questionamento dos jovens companheiros da *Revista Acadêmica*, do Rio de Janeiro, que cobravam um alinhamento mais explícito às teses esquerdistas. Declarou que tinha preferido assumir, ao longo da história do modernismo, a defesa de um conceito de arte social que combinava as exigências morais a que o artista devia atender com a atenção aos critérios estéticos a que toda arte se submetia. Achava que essa opção poderia ser explicada por sua formação e pela visão de mundo da geração a que pertencia. Mas, no fundo, considerava o seu ponto de vista, doutrinariamente, mais acertado, pois levava em consideração os aspectos específicos do fazer artístico, distintos dos outros processos produtivos.[45]

Em sua atividade de crítico, Mário de Andrade opôs este conceito de arte social à literatura panfletária e, em geral, descuidada dos defensores da arte de mensagem. Em "A Raposa e o Tostão", crônica

[45]Mário de Andrade, *Cartas a Murilo Miranda*, Rio de Janeiro, Nova Fronteira, 1981, p. 34.

de 1939, polemizou com Jorge Amado e denunciou que a literatura política havia substituído a técnica pelo "brilho disfarçador", o cuidado da forma por uma vaga intenção social e a arte, em geral, por pura demagogia. Recorrendo aos teóricos que conhecia, argumentou, com firmeza, que

> "o artista de mais nobres intenções sociais, o poeta mais deslumbrado ante o mistério da vida, o romancista mais piedoso ante o drama da sociedade poderão perder até noventa por cento do seu valor próprio se não tiverem meios de realizar suas intenções, suas dores e deslumbramentos".[46]

A posição defendida por Mário de Andrade fundamentava-se como, aliás, também, a dos defensores de uma arte de combate, em uma concepção bastante tradicional da arte vista como uma combinação de elementos formais e de conteúdo. À proposta dos escritores politizados que pregavam o desprezo dos aspectos estéticos e a hipervalorização da mensagem, Mário de Andrade contrapunha uma lição de disciplina formal.

[46]Mário de Andrade, *O empalhador de passarinho*, São Paulo, Martins, p.101.

O ambiente político dos anos trinta, no país, até o final de 1937, quando ocorreu o golpe que implantou o Estado Novo, teve como um dos traços marcantes o confronto entre comunistas e integralistas. Isso também foi decisivo para compor os personagens do ambiente artístico e intelectual. A partir de 1935 e, de forma mais acentuada, com a instauração do Estado Novo, as medidas repressivas da polícia política conseguiram manter sob controle as facções em confronto e, finalmente, liquidaram as orientações políticas que se recusavam a aderir à posição vitoriosa no quadro político do pós-1930. Foi o que ocorreu com o Partido Democrático paulista, composto por remanescentes da Revolução Constitucionalista de 1932, do qual Mário de Andrade encontrava-se próximo, por vínculos de amizade e de parentesco.

Além de contar com a repressão policial, o Estado Novo também buscou firmar-se através da promoção de eventos no campo cultural. Tal como acontecera no caso dos fascismos europeus, foram programadas atividades culturais e festivas, como concertos de canto coral e a publicação de revistas culturais, que visavam a obter o apoio da população e a colaboração das camadas intelectuais. Vários escritores e artistas do círculo de Mário de Andrade, como Villa-Lobos e Portinari, participaram dessas iniciativas. Já outros grupos intelectuais preferiram adotar uma atitude de alheamento dos assuntos políticos. No início dos anos quarenta, respirava-se no ambiente artístico-intelectual uma atmosfera bem diferente da que existira na agitada década anterior. Agora já não se manifestava uma oposição significativa ao regime e o marasmo dominava todas as reações.

Em 1940, um novo fator passou a influir sobre o estado de ânimo das camadas intelectuais. A notícia do avanço do exército alemão sobre os países da Europa ocidental, em especial da França, causou enorme comoção. A atenção dos vários grupos voltou-se para o cenário europeu e ficou atenuada a pressão dos conflitos internos. Mário de Andrade expressou muitas vezes aos amigos, naquele ano, o impacto das notícias da guerra na sua vida e na direção que dava aos seus trabalhos.

Em 1942, Mário de Andrade apresentou em "A elegia de abril", no primeiro número da revista *Clima*, um retrato muito preciso dos personagens que compunham o ambiente intelectual da época. Com uma sensibilidade de sociólogo autodidata, que foi também importante na feitura dos retratos das cenas urbanas de São Paulo e do Rio de Janeiro, em crônicas e contos, propôs o mapeamento dos grupos intelectuais e comentou as várias reações diante dos problemas políticos da época. O artigo mencionava, inicialmente, a nova geração de universitários, de que faziam parte os editores da revista, saudados com entusiasmo. Em seguida comentava o caso dos comunistas e dos católicos, mas sem dar a eles muito destaque. Na verdade, interessava a Mário de Andrade examinar, de forma mais detida, a postura dos que tinham aderido às iniciativas do regime, com a justificativa das necessidades econômicas, e o grupo de romancistas que havia escolhido como personagem principal de suas obras a figura do fracassado. Luís, o personagem de *Angústia*, de Graciliano Ramos, e o Carlos, personagem do Ciclo da Cana-de-Açúcar, de José Lins do Rego, chamaram a sua atenção. A presença recorrente dessa figura nos romances da época motivou o comentário de que se tratava de um traço distintivo do estado de espírito da nova geração — o conformismo. Para Mário de Andrade, o grupo modernista a que pertencia fora composto de uns inconscientes. A geração atual, pior que a sua, era decididamente abstencionista. A apreciação do poeta justificava o tom pessimista que percorria todo o texto desde as primeiras linhas: "as melhoras da inteligência brasileira não me parecem satisfazer às exigências do tempo e da nacionalidade".[47]

Desde meados dos anos trinta, Mário de Andrade esteve próximo de um grupo de jovens estudantes da Faculdade de Direito do Rio de Janeiro, editores da *Revista Acadêmica*, com uma orientação nitidamente esquerdista, que contava com o apoio de um grupo de renomados intelectuais no seu conselho diretor. Alguns dos organizadores da revista — Murilo Miranda, Moacir Werneck de Castro, Lúcio Rangel e Carlos Lacerda — foram companheiros assíduos de Mário de Andrade nos anos em que esteve no Rio. O escritor mais velho deslumbrava-se com a presença da estudantada, em quem descobria um estilo de vida mais espontâneo, não conhecido, e sentia-se estimulado a responder ao desafio proposto pelos jovens de dar aos seus projetos um sentido mais claro de engajamento político.

[47]Mário de Andrade, *Aspectos da Literatura Brasileira*, São Paulo, Martins, p. 185.

O contato com os novos companheiros, o mal-estar provocado pelas notícias da guerra na Europa, o ímpeto de opor-se ao marasmo em que estavam mergulhados os círculos intelectuais vieram somar-se à urgência sentida pelo poeta de superar o desamparo em que se encontrava desde 1938 e o conduziram à solução ativista que marcou muitas iniciativas nesse período. O apelo à ação contido em muitas passagens da obra dessa época, especialmente a conferência sobre o movimento modernista, de 1942, pode ser associado a outras propostas de crítica à situação vigente, como o "Manifesto dos mineiros", de 1943, e as moções aprovadas no congresso da Associação Brasileira de Escritores, no início de 1945, de que Mário de Andrade também participou.

Em setembro de 1939, Mário de Andrade enviou a Oneyda Alvarenga uma carta em que dava conta da sua reação às notícias da guerra e aproveitava a crítica a um livro recente, "comunistizante", de combate, para expressar seu ponto de vista sobre essa perspectiva. Lamentava, inicialmente, o caráter precário do livro sob o aspecto da realização artística. Afirmava que sua primeira atitude diante do texto tinha sido de "uma exasperação prodigiosa, com vontade até de matar, de bater, de nem sei o quê". Mas, em seguida, confessava que sentia-se, também, "tentado a perdoar, a desculpar, e, o que é pior, a dar razão pra eles!". Alguma hesitação ainda impedia a adesão total à solução ativista, mas os argumentos a favor de uma arte de combate, mesmo deficientes, acabaram por prevalecer sobre aqueles fundados em critérios estéticos. Assim, Mário de Andrade terminou declarando sobre os escritores militantes:

> "Não estarão eles com a razão definitiva, a razão primeira de um mundo novo que sei estar nascendo e que não vejo? não estarei de alguma forma passadistizando, prejudicando o desenvolvimento normal, ou pelo menos mais fácil, de uma realidade que não sou capaz de discernir?"[48]

Em abril de 1942, um ano após o retorno a São Paulo, Mário de Andrade foi convidado a retornar ao Rio para fazer a palestra comemorativa dos vinte anos da Semana de 22. Foi penoso o trabalho de preparação do texto. Confessou a Paulo Duarte que pretendera fazer um exame objetivo do modernismo, mas o re-

[48]Mário de Andrade/Oneyda Alvarenga, *Cartas*, São Paulo, Duas Cidades, p. 198.

sultado tinha sido uma mistura de recordações pessoais e de uma maneira crítica de ver que davam ao conjunto um "forte caráter polêmico".[49] Observou que a amarga confissão final tinha a ver com a sua "atitude diante da Vida", pretendendo com essa expressão referir-se a algo bem mais amplo do que a sua história pessoal. Sabia que sua avaliação do modernismo podia magoar os amigos. Por esse motivo, avisou o mais próximo deles, Manuel Bandeira, que, em um estado de desequilíbrio e numa "espécie de sofrimento esquisito", ia "botar na escritura definitiva" a conferência "de que talvez você não goste nada".[50] Poucos dias antes da data marcada, contou a Henriqueta Lisboa que a conferência o consumia de inquietação, mas que era tarde para tentar preparar outra coisa.[51] Nos relatos de alguns dias depois, Mário de Andrade declarou ter feito a conferência tomado de intensa emoção. Sentiu-se de tal forma mobilizado emocionalmente, que emendou o acontecimento em uma noitada, só retornando ao hotel no dia seguinte, às nove horas da manhã.[52]

[49]Paulo Duarte, *Mário de Andrade por ele mesmo*, p. 228.
[50]Mário de Andrade — Manuel Bandeira, *Correspondência*, São Paulo, Edusp, p. 622.
[51]Mário de Andrade, *Querida Henriqueta*, p. 88.
[52]Mário de Andrade — *Cartas de trabalho*, Brasília, MEC-SPHAN/ próMemória, 1981, p. 154-155.

Quais assuntos tão angustiantes ocuparam o poeta na conferência? "O Movimento Modernista" pretendeu fazer uma avaliação do modernismo, nos seus vinte anos, a partir de três critérios — o direito permanente à pesquisa estética, a conquista de uma consciência criadora nacional e a atualização da inteligência artística brasileira.

Quanto ao primeiro critério, é inegável que o modernismo foi muito bem-sucedido. Ele assegurou a libertação dos códigos acadêmicos que haviam moldado a produção literária e artística no Brasil, mesmo em seus melhores momentos. Hoje, perguntava Mário de Andrade,

> "quem se revolta mais, quem briga mais contra o politonalismo de um Lourenço Fernandes, contra a arquitetura do Ministério da Educação, contra os versos 'incompreensíveis' de um Murilo Mendes, contra o personalismo de um Guignard?".[53]

Certamente, o modernismo instaurou e normalizou a liberdade de invenção formal, e esta foi sua grande vitória.

[53]Mário de Andrade, *Aspectos da Literatura Brasileira*, São Paulo, Martins, 1972, p. 251.

Também, relativamente ao processo de nacionalização da produção artística, mesmo ao levar-se em conta os cacoetes e as deficiências da pesquisa da língua nacional, o movimento foi bem-sucedido, sobretudo no campo da literatura. Na série de crônicas *O Banquete*, de 1944, na *Folha da Manhã* — um dos seus últimos escritos —, Mário de Andrade avaliou de forma distinta os casos da literatura e da música. Em literatura, àquela altura, o processo nacionalizador já estava normalizado. Mário de Andrade observava que ninguém mais sequer se lembrava de questionar a respeito do caráter nacional dos livros brasileiros, tal era a naturalidade com que o processo tinha se firmado. Já no caso da música erudita, tantos teriam sido os equívocos cometidos, sobretudo com a apropriação superficial e caricatural do material folclórico, que o caminho devia ainda ser longo e era necessário um sério esforço de aperfeiçoamento.

O tom dramático da conferência e a emocionada confissão final tinham a ver com a aplicação do terceiro critério — da atualização da inteligência artística brasileira. Na introdução desse critério, Mário de Andrade propôs destacar a expressão "artístico" para, em seguida, determinar o seu significado. Sua opinião era de que o âmbito da arte era bem mais amplo do que o da estética. A experiência estética diz respeito à busca da beleza e está presente em toda obra de arte. Ela envolve a pesquisa das formas e da técnica nas diversas manifestações artísticas, tendo, desse modo, uma dimensão interna e restrita. Já o campo da arte é bem mais amplo, pois engloba também aspectos externos, como o significado da arte para o homem e para a vida das coletividades.

Para Mário de Andrade, a etapa do mundo que se vivia era eminentemente política. Por esse motivo, também a arte deveria obedecer a critérios de natureza política. A crítica implacável que a conferência de 1942 fez ao modernismo resultou da convicção de que o movimento teria sido, ao longo dos seus vinte anos de existência, essencialmente apolítico e, nessa medida, inatual. O final da conferência confessava a identificação completa do autor com o movimento do qual tinha sido o líder principal. Por essa razão, nestes emocionados parágrafos finais, também o juízo de Mário de Andrade sobre si próprio foi dramaticamente negativo.

Ele reconhecia que a obra que elaborara ao longo de duas décadas apresentava um forte teor utilitário, a ponto de ter sido deformada em benefício do seu tempo e da sua terra. Apesar disso, o poeta concluía que ela nunca deixara de ser a expressão de um acentuado individualismo e isso, agora, o desgostava enormemente. Lamentava que ele e o grupo modernista a que pertencia não tivessem "inundado a caducidade utilitária" do discurso de maior angústia do tempo e de maior revolta contra a vida. Achava que, ao invés disso, tinham preferido "quebrar vidros de janelas, discutir modas de passeio, ou cutucar os valores eternos, ou saciar nossa curiosidade na cultura".[54]

À condenação do modernismo e dos seus companheiros de geração, Mário de Andrade acrescentou, de forma coerente, a confissão do fracasso das suas próprias realizações:

> "E se agora percorro a minha obra já numerosa e que representa uma vida trabalhada, não me vejo uma só vez pegar a máscara do tempo e esbofeteá-la como merece. Quando muito lhe fiz de longe umas caretas. Mas isto, a mim, não me satisfaz."[55]

[54]Mário de Andrade, *Aspectos da Literatura Brasileira*, p. 253.
[55]Idem, ibidem.

Pouco adiante, em uma afirmação surpreendente para um homem que ainda não completara cinqüenta anos, acrescentou:

> "E é melancólico chegar assim no crepúsculo, sem contar com a solidariedade de si mesmo. Eu não posso estar satisfeito de mim. O meu passado não é mais meu companheiro. Eu desconfio do meu passado."[56]

Algo se rompera de forma irremediável na vida de Mário de Andrade. As convicções que passara a adotar nos últimos anos tornavam impossível a reconciliação do autor com a obra já realizada e com a história de uma vida que ele imaginara toda orientada por interesses coletivos. Como enfrentar essa situação? A saída que se apresentou e que determinou, de forma mais significativa, a atitude do escritor nos anos finais da vida foi o apelo à ação. A conferência terminava, em tom professoral, com uma lição aos mais jovens. Afirmava:

> "Se de alguma coisa pode valer o meu desgosto, a insatisfação que eu me causo, que os outros não sentem assim na beira do caminho, espiando a

[56]Idem, p. 254.

> multidão passar. Façam ou se recusem a fazer arte, ciências, ofícios. Mas não fiquem apenas nisto, espiões da vida, camuflados em técnicos de vida, espiando a multidão passar. Marchem com as multidões."[57]

A posição defendida por Mário de Andrade foi comum entre os literatos e artistas desse período — os anos trinta e quarenta — não apenas no Brasil. Ela foi a solução adotada por uma parcela significativa de intelectuais que pretenderam lidar com os urgentes problemas políticos do seu tempo, em um momento em que se encontravam desiludidos com as respostas fornecidas pela vida puramente intelectual. Esses homens e mulheres esperavam, com sua atitude, escapar do ambiente pequeno-burguês em que viviam e buscavam o alinhamento aos movimentos políticos de massas da época, o comunismo e o fascismo, como uma solução. A política concebida como a marcha com as multidões parecia para eles uma verdadeira liberação dos seus males de origem. No caso dos brasileiros, foi decisiva a influência dos autores franceses, que tinham

[57] Idem, p. 255.

vivido de perto as experiências da Frente Popular e da Guerra da Espanha. A figura de Romain Rolland era prestigiada, chegando mesmo a *Revista Acadêmica*, editada pelos jovens amigos de Mário de Andrade, a publicar, em 1936, um número em sua homenagem. Mário de Andrade recusou-se a colaborar, alegando que não se sentia em condições de falar livremente do Romain Rolland comunista no ambiente de repressão política vivido no país. Nos anos seguintes outras figuras da cena intelectual francesa destacaram-se como porta-vozes da solução ativista. Malraux, primeiramente, e Sartre, mais tarde, foram os mais importantes.

A solução pela ação inspirava-se no existencialismo, a corrente de idéias contemporânea que se conscientizara da falência dos conceitos tradicionais para compreender os eventos políticos da época, em especial o totalitarismo, e chegara à conclusão de que até mesmo a relevância do esforço compreensivo precisava ser questionada. Seus partidários foram contemporâneos da descoberta dos textos de juventude de Marx, ocorrida nos anos trinta, especialmente das *Teses sobre Feuerbach*, onde se encontra a conhecida passagem: "os filósofos se limitaram a interpretar o mundo de diversas maneiras; o que importa é transformá-lo". Para setores importantes da intelectualidade da época, a ação revolucionária parecia conter muito mais verdade que a filosofia e que todas as artes.

O critério ativista ganhou força e abrangência em *O banquete*, parte da série de crônicas publicadas na *Folha da Manhã*, de maio de 1943 a fevereiro de 1945, com o título "Mundo musical".[58] *O banquete* reproduz a conversa dos participantes de um almoço dominical, em Mentira, cidade da Alta Paulista, na casa da milionária Sarah Light, arranjado para obter a ajuda de Félix de Cima, chefe político local, para o compositor Janjão, um dos convidados. Estão presentes, também, a cantora Siomara Ponga e Pastor Fido, estudante e vendedor de apólices de seguros. A conversa gira em torno de música, de estética musical, da situação do ensino da música no país, de técnica musical e da programação dos concertos, e aborda, além disso, pontos curiosos da culinária brasileira. Sobretudo as falas de Janjão, mas também as de outros personagens, como as da cantora Siomara Ponga, refle-

[58]Mário de Andrade, *O banquete*, São Paulo, Duas Cidades, 1989.

tem o ponto de vista de Mário de Andrade sobre vários assuntos. A certa altura, a virtuose resume as inquietações do autor relativamente ao valor da arte erudita. O comentário aponta na mesma direção da avaliação do movimento modernista presente na conferência de 1942. A arte de hoje, tal como Mário de Andrade a concebia, é um fenômeno datado, que corresponde ao período individualista da história da humanidade. É um evento específico da era moderna. Esta tese motiva a angustiada interrogação da virtuose:

> "Talvez toda a arte 'erudita' seja um erro infamante dos donos-da-vida... Talvez seja um erro... Você diz que está lendo sociologia, Sarah Light. Talvez a arte erudita, com suas conseqüências de 'belas-artes', de 'arte pura', seja um avanço indevido da 'civilização' sobre a 'cultura', no sentido sociológico dessas palavras."[59]

Mais adiante, tomada de perplexidade, a cantora volta a indagar em que medida a conscientização de uma arte erudita não seria apenas "uma esca-

[59]Mário de Andrade, *O banquete*, p. 93.

moteação monstruosa da verdade da arte, produzida pelos movimentos sociais". E, desconcertada, responde: "isso é que eu nem quero pensar."[60]

Em O *banquete*, a arte erudita aparece como o resultado do período histórico moderno que, atualmente, aproxima-se do seu fim. Também por este motivo, já seria possível vislumbrar, nos dias de hoje, uma outra forma de arte, com um significado coletivo. Esta será a arte da Idade Novíssima que já se anuncia, declara Mário de Andrade pela boca do compositor Janjão. Entretanto, Janjão/Mário de Andrade não consegue libertar-se das amarras que o prendem às origens individualistas. Fica, por este motivo, obrigado a experimentar uma penosa contradição. De um lado, sabe que está condenado ao desaparecimento e até anseia por ele. De outro, não consegue participar do movimento que conduz aos novos tempos do comunismo. De qualquer forma, sente-se um marginalizado. Nas palavras de Janjão, o poeta confessa que está "bastante envergonhado com a fraqueza que tivera de mostrar as suas contradições de artista".[61] Afirma que está bem cons-

[60]Idem, ibidem.
[61]Idem, p. 65.

ciente da servidão social das artes, mas que, ao mesmo tempo, sente-se incapaz de libertar-se dos seus mesquinhos interesses individuais. Vagueia, por isso, desorientado, sem conseguir abandonar a sua torre de marfim para poder dedicar-se a uma obra que interesse às massas e as mova. Sua saída será, então, fazer obra malsã, o que significa ter que adotar um critério destrutivo em arte e colaborar para o desaparecimento da sociedade atual. É o que explica o compositor Janjão: arte malsã é a que contém "germes destruidores e intoxicadores, que malestarizem a vida ambiente e ajudem a botar por terra as formas gastas de sociedade". E acrescenta: "Agora o que me interessa é isso: envenenar, angustiar, solapar, num voltairismo estético que ajude ou apresse um novo Oitenta e Nove."[62]

A mesma hesitação que marcou a relação de Mário de Andrade com o comunismo determinou sua posição face ao catolicismo. Nas muitas cartas que enviou a Alceu Amoroso Lima, desde a década de 20, participou ao amigo o seu drama. Sentia que era um católico, não apenas por formação, mas porque genuinamente tinha necessidade de referir-se a

[62]*O banquete*. p. 68-69.

uma instância superior, todos os dias, por meio da oração. No entanto permanecia hesitante. Não sentia plenamente sua fé e, de certo modo, esperava que o amigo viesse em seu auxílio e o chamasse para a religião. Tinha críticas severas ao catolicismo muito sectário do principal crítico do modernismo, como as que expressou a propósito de *Mitos do nosso tempo*, livro publicado em 1943. Considerava-se próximo da posição católica em muitos pontos, sobretudo em seu diagnóstico da era atual, mas, também, afastava-se dela, pois a considerava uma saída abertamente antimundana e dogmática, a ponto de dificultar a aproximação com qualquer outra perspectiva crítica. De forma emocionada, a certa altura, exortou o amigo:

> "Seu livro não é pros que estão do outro lado! Seu livro não é pra mim! E quando, depois de expor os mitos, V. me vem com aquele capítulo preliminar, dizendo que preliminarmente é preciso acreditar em Deus, senão tudo o que V. vai dizer não pode ser aceito..., eu fico desesperado, com vontade de não acreditar em Deus."[63]

[63]*Mário de Andrade escreve cartas a Alceu, Meyer e outros*, Rio de Janeiro, Editora do Autor, 1968, p. 32.

Mário de Andrade nunca aderiu, de fato, ao catolicismo, primeiro porque discordava das posições católicas sob muitos aspectos e, sobretudo, por causa de uma insegurança muito íntima, que talvez pudesse ser vencida se houvesse um apelo dos amigos crentes. A carta em que comentou para Tristão de Ataíde o livro de sua autoria terminava com a confissão seguinte:

> "Mas eu quero bater a uma porta mas essa porta não pode se abrir porque os que estão lá dentro não podem interromper o Te Deum. Então eu solto um grande grito pra Deus me escutar. E como eu quero que Ele me escute, Ele me escuta. Mas ainda não pude soltar o grande grito e me sinto sozinho. Porque os que deviam vir a mim porque eu não vou a eles, já não vêm até mim. E eu não sei se há de haver tempo para eu soltar o grande grito."[64]

Na época em que escreveu esta carta, já não interessava a Mário de Andrade fazer arte para os "donos da vida", como costumava chamar. Mas a solução da participação política também estava

[64]Idem, p. 34.

vedada para ele. Tampouco a proposta da politização da arte, de fazer arte malsã, resultou em qualquer realização significativa, com a exceção de *Café*, libreto para uma ópera que seria musicada por Francisco Mignone. Desde 1933, Mário de Andrade pretendia compor uma ópera que dispensasse as vozes solistas e incluísse, apenas, as partes corais, pois imaginava que esta seria a melhor forma para descrever o drama dos operários, no período da crise e da queima do café do final dos anos vinte. Finalmente, em 1942, deu o texto por terminado e o passou a Mignone, que nunca o musicou. De qualquer forma, o caráter excessivamente esquemático do enredo revela que a obra não seria bem-sucedida.[65]

Desde 1938, Mário de Andrade dedicou-se ao exame do desvio da tendência individualista-formalista, central para a caracterização do período moderno, e, mais ainda, do contemporâneo. Ele percebeu que a situação do artista no mundo atual era de grande isolamento e sua principal manifestação era o acentuado hermetismo das várias correntes artísticas, sobretudo na música e nas

[65] *Café* teve uma versão posterior, feita por Koelreuter, que foi apresentada em São Paulo em 1996.

artes plásticas. O diagnóstico de Mário de Andrade era partilhado por diversos autores da época, entre os quais destacava-se Ortega y Gasset, com o livro de grande repercussão, *A desumanização da arte*, de 1923. Nesse pequeno clássico da estética do século XX, o filósofo indicou que todo o problema da nova arte estava em sua "intranscendência". Com a invenção deste neologismo, Ortega quis lançar luz sobre uma situação em que a arte já não constituía um eixo na vida dos homens, tinha se desumanizado, e passara a ocupar uma posição subalterna e periférica. O modo de ser isolado do artista contemporâneo ganhava sentido nesse contexto.

Mário de Andrade tinha motivos próprios para ocupar-se desse quadro, pois percebera que os reveses recentes da sua vida — a saída do Departamento de Cultura e a estada no Rio de Janeiro — refletiam a transformação mais ampla das artes e da sociedade na atualidade. Os juízos expressos nos últimos anos sobre sua obra e o movimento que liderara iam na mesma direção. Mário de Andrade viveu com extrema angústia todas essas transformações. No período final da sua vida esteve ocupado em explorar vias de superação do isolamento, que também deveriam trazer alívio para a sua grande dor. A politização da arte constituiu uma dessas vias. Sua formulação mais expressiva está na série de crônicas O *banquete* e no prefácio do livro sobre Shostakovich publicado postumamente. São versões extremadas da solução pela politização da arte, que apresentam para a sensibilidade atual um tom, por vezes, chocante, como na passagem do prefácio do livro sobre Shostakovich em que são exaltados os dirigentes soviéticos "admiráveis de grandeza humana" e a "sua repreensão compreensiva e expectante" do compositor.[66]

Mário de Andrade nunca aderiu, inteiramente, à solução ativista. Alegava que tinha permanecido preso à visão de mundo excessivamente individualista do seu grupo. Além disso, dedicava-se a explorar outros caminhos, como o da conversão da técnica à perspectiva materialista e o da fruição estética, que se chocavam com o exclusivismo da opção militante. O resultado de todas estas tensões foi o assombreamento do seu estado de ânimo. Poucos meses após o retorno a São Paulo,

[66]*In* Victor Seroff, *Dmitri Shostakovich*, Rio de Janeiro, O Cruzeiro, 1945, p. 18.

em carta a Murilo Miranda, fez uma dura autocrítica e mencionou, pela primeira vez, a idéia de suicídio:

> "O horrível é que eu me imaginava participante da vida e agora que sinto toda a minha literatice com um safado abstencionismo, os meus próprios estudos me enojam como uma covardia sem limite.
>
> Só existe uma solução: 'Oh sono, vem! que eu quero amar a morte — Com o mesmo engano com que amei a vida.'
>
> Um suicídio discreto, mui discreto não fica mal e num xi xabe."[67]

Retomou a idéia em carta a Paulo Duarte:

> "Tenho assim meio a impressão de que estou me suicidando aos poucos e vou me acabar um pouco antes do tempo, pois desejava viver até os 55 anos."[68]

Em janeiro de 1945, organizou-se em São Paulo o congresso da Associação Brasileira de Escritores, com o objetivo de tomar posição contra a ditadura,

[67]Mário de Andrade, *Cartas a Murilo Miranda*, p. 100.
[68]Paulo Duarte, *Mário de Andrade por ele mesmo*, p. 218.

que, de qualquer forma, chegava a seus estertores. O congresso reuniu cerca de cento e cinqüenta participantes, dos quais muitos eram amigos de Mário de Andrade. O poeta mobilizou-se para conseguir adesões e até fez parte do comitê de recepção que acolhia os que chegavam. Para surpresa dos que o viram em uma frisa no mesmo Teatro Municipal onde, 23 anos antes, iniciara a história do movimento modernista, Mário de Andrade se manteve o tempo todo em silêncio e arredio. Pode-se imaginar a presença do seu vulto intrigante. Preferiu a companhia dos jovens escritores de Minas que conhecera nos últimos tempos — Fernando Sabino e seu grupo. Votava nas sessões plenárias, mas não pediu a palavra uma única vez.

Nas últimas cartas que escreveu, com as impressões do congresso, manifestou sentimentos contraditórios. A Rodrigo Melo Franco disse que tinha vivido aqueles acontecimentos com "prodigiosa intensidade" e "monstruosa seriedade", a ponto de acreditar que tinham sido o coroamento da sua carreira e da sua vida.[69] Outro é o tom da carta a Carlos

[69]Mário de Andrade, *Cartas de trabalho*, p. 187.

Drummond sobre o mesmo assunto, em que é retomada a imagem da torre de marfim para descrever a posição de necessário isolamento do artista contemporâneo. O poeta se dava conta de que as amarras que o prendiam a um ideal coletivo já não existiam; agora teria que viver a sua marginalidade e fazer a crítica da sociedade por meio de uma "arte malsã".

Tem-se dos últimos meses o testemunho de algumas fotos muito expressivas. A mais conhecida é, sem dúvida, o retrato em primeiro plano do poeta fumando, feito por Warchavchik. Trata-se do mais importante retrato de escritor brasileiro, que revela um homem concentrado, reflexivo, às voltas com o seu drama interior. Há ainda duas outras fotos que o retratam de forma bem mais espontânea — uma delas registra um encontro com o escultor Bruno Giorgi e com Luis Saia, o principal colaborador nos trabalhos de levantamento e preservação do patrimônio cultural. A segunda é de uma visita às obras de restauração da chacrinha de São Roque, adquirida por Mário de Andrade em ruínas, e, mais tarde, doada ao Patrimônio. O largo sorriso tão conhecido — quase a marca registrada do poeta — reaparece aqui, no contato com os amigos e com o trabalho. Só que, nas duas fotos, ele vem estampado em um rosto alquebrado, de um homem muito velho, abatido pelo sofrimento

Capítulo 4

Mário de Andrade declarou aos amigos, nos últimos anos, em várias ocasiões, que sua personalidade era conformada pelo antagonismo de duas forças, uma instintiva, que tinha a ver com a sua enorme sensualidade, e uma outra, que derivava da consciência muito nítida das exigências morais. Na longa carta que enviou a Oneyda Alvarenga, em setembro de 1940, com o propósito de definir os critérios da crítica de arte, ele mencionou a bivitalidade que determinava o seu modo de ser.[70] Lembrou à amiga que Paulo Prado costumava referir-se à "monstruosa" sensualidade que dominava a sua "vida de baixo",

[70]Mário de Andrade/Oneyda Alvarenga, *Cartas*, São Paulo, Livraria Duas Cidades, 1983, p. 266-299.

como chamou. Nela se enraizava a sua paixão por tudo que envolvia a exaltação dos sentidos, desde o uso de novas drogas até a mais delicada comoção diante da beleza. Em uma direção oposta, Mário de Andrade experimentava uma outra forma de pressão vinda da aguda consciência que vigiava, passo a passo, tudo que acontecia no plano inferior. A presença dessa bivitalidade podia ser notada até em circunstâncias como uma penosa cirurgia, quando a dor fortíssima era observada e as impressões eram colhidas em um caderninho. Muitas vezes, neste embate, as imposições da vida moral acabavam por prevalecer e sobressaía a figura do artista social cheio de responsabilidades. Mas, na verdade, a tensão atravessou toda a obra e a vida de Mário de Andrade.

O antagonismo entre as duas forças foi mencionado, também, na correspondência com Henriqueta Lisboa, na referência à oposição entre Ariel, visto como um poeta movido por ideais elevados, e o burguês Calibã, que representa as inclinações mais rudes e instintivas.[71] Já em carta a Carlos Lacerda, a oposição ganhou um sentido claramente político. De um lado, ficava o burguês gostosão,

[71]Mário de Andrade, *Querida Henriqueta*, Rio de Janeiro, José Olympio, 1990, p.175.

satisfeito com as suas regalias e a vida de prazeres, de outro, impunha-se o ideal mais perfeito alcançado pela inteligência e sancionado pela moral.[72]

A visão de Mário de Andrade das forças em jogo em sua personalidade, em uma organização bipolar, conduziu a que a posição de uma delas sempre dependesse da afirmação da outra. Assim, enquanto a inteligência e o sentido moral comandavam a vida de cima, os instintos comandavam a de baixo; enquanto a vida de cima era espiritualizada, a de baixo era sensual; enquanto a vida de cima era direcionada pela vontade, a de baixo ficava cega de desejo; enquanto a vida de cima era produtiva e constituía o foro das decisões morais, a de baixo era passiva e preguiçosa.

Muito se tem falado sobre o refrão que pontua, em várias passagens, o andamento da mais importante obra modernista, *Macunaíma* — "Ai, que preguiça!". A preguiça é um dos traços da personalidade do "herói da nossa gente" e, nesta medida, não tem, apenas, um sentido pejorativo. É verdade que a expressão encerra um comentário irônico sobre a mentalidade nacional pouco afeita

[72] *71 Cartas de Mário de Andrade*, coligidas e anotadas por Lygia Fernandes, Rio de Janeiro, Livraria São José, s/d, p. 83-93.

aos valores de uma ética do trabalho — um tópico considerado por Paulo Prado, em *Retrato do Brasil*, e retomado, pouco mais tarde, por Sérgio Buarque de Holanda. Mas a preguiça é também a expressão de um estado de felicidade de "antes da queda". Ela tem a ver com uma prazerosa inocência que não é alcançada com a remissão dos pecados. A preguiça é a cessação da busca de toda satisfação, já que aparece, justamente, quando se está locupletado de prazer. Não por acaso, freqüentemente, ela está presente nos períodos de descanso da atribulada vida sexual do herói.

No belo poema de 1931, dedicado ao amigo Manuel Bandeira, "Rito do Irmão Pequeno", a referência à preguiça aparece no convite que o poeta faz ao amigo para um mergulho em um elemento cálido, aquoso, de doce sensualidade, que caracteriza a ambientação de muitos poemas de Mário de Andrade: "Vamos, irmão pequeno, entre palavras e deuses,/ Exercer a preguiça, com vagar."[73]

Para que o poeta e o amigo penetrem, "por detrás das árvores", no "laguinho fundo onde nem medra o grito do cacauê" e se deleitem com os

[73]Mário de Andrade, *Poesias completas*, São Paulo, Livraria Martins Editora, p. 267.

prazeres deste paraíso de "luminosa vaga imperecível lentidão", que tem o poder de entreabrir as "melhores visões", será preciso abandonar o mundo feito de visagens e de progresso, cheio de telefones, de gestos de aviões, de norte-americano, de inglês e de arranha-céus. Estes dois universos — o civilizado e o edênico, mundo de "complacência extraordinária" — opõem-se como as duas forças que regem a personalidade do poeta.

Na segunda metade dos anos vinte, quando o programa modernista definiu como propósito do movimento a determinação dos elementos que compõem a identidade nacional, Mário de Andrade fez duas viagens pelo país, a primeira ao Norte e ao Nordeste, em 1927, e a segunda, ao Nordeste, no final de 1928 e início de 1929. Ele chamou essas duas viagens de etnográficas e, ao modo de um antropólogo, as registrou em um diário, mais tarde conhecido como O *turista aprendiz*.[74] Algumas cenas das viagens, sobretudo as que ocorreram durante a navegação do Amazonas, impressionaram tanto o viajante, que, anos depois, ainda eram relembradas e se tornaram motivo de quase obsessão.

[74]Mário de Andrade, O *turista aprendiz*, São Paulo, Livraria Duas Cidades, 1976.

Uma delas refere-se à visão de um doente de malária. Foi descrita no diário e foi o assunto de duas crônicas no *Diário Nacional*, em 1931.[75] Ela representa o aparecimento da figura impressionante de um rapaz, de pé, na proa de um barco surgido de dentro da mata, de traços finíssimos e olhar embaçado, ar superior e distante, visto pelo poeta em meio a uma atmosfera de sonho devida à sua situação de maleitoso. Mário de Andrade confessou em uma das crônicas que a cena estaria na origem de um "desejo de maleita" que o perseguia. Que desejo seria este? Certamente, não pretendia ser tomado pela febre e pelo abatimento em plena São Paulo, envolvido com todos os compromissos de homem civilizado. Na verdade, ansiava por uma espécie de instância não-civilizada da existência, em que a felicidade pudesse ser alcançada através da suspensão da vida rotineira com suas tarefas e penas e em que pudesse experimentar uma dimensão do tempo desdatada, "rodeado de deuses, de perguntas, de paciências". Desejava o que vinha depois da tremedeira — a prostração, o "aniquilamento assombrado,

[75]Mário de Andrade, O *turista aprendiz*, São Paulo, Livraria Duas Cidades, 1976, p. 159; *Táxi e crônicas do Diário Nacional*, São Paulo, Livraria Duas Cidades, 1976, p. 453-459.

cheio de medos sem covardia, a indiferença, a semimorte igualitária".[76]

Mário de Andrade pretendia, nessas passagens, caracterizar um estado de máxima sensibilização, como se a suspensão de toda intervenção laboriosa tornasse possível um contato sensorialmente mais envolvente com as coisas e uma espécie de impregnação por elas. Daí a ambientação luxuriante, amazônica, repleta de estímulos em que essas cenas ocorrem. Há sempre a sugestão de uma quebra da vontade — "o próprio ar parecia com pouca vontade de ser ar" — e um convite à dissolução do eu em uma "calma incomparável", em uma "preguiça maravilhosa de ser".[77] Também pode-se notar que a bipolaridade que organizava a composição desses textos conduzia à identificação da postura prazerosa com alguma forma de passividade, de prostração, de aniquilamento, de um estado doentio e, até, de semimorte, que em tudo contrastava com as formas ativas da experiência.

Os rios são matéria primordial para a inspiração poética de Mário de Andrade. As muitas referências ao Amazonas e ao Tietê indicam direções

[76] Mário de Andrade, *Táxi e crônicas do Diário Nacional*, p. 454.
[77] Idem, p. 457.

diferentes da sua poesia. O Amazonas é rio desmesurável que não pode ser contido. É também rio de uma força calma. Pois é da calma da sua água barrosa que vem "a maleita sublime", "o grande bem". Já o Tietê é constrangido a dirigir-se para o interior. Seu fluxo adentra a terra e não contém a promessa de nenhum oceano. No entanto, nos dois casos, nota-se a presença da correnteza que arrasta tudo e a que é preciso se entregar. A imagem de estar sendo carregado pela água do rio foi escolhida pelo poeta para dar conta da atitude de desprendimento de si e de entrega que foi, também, algumas vezes, associada à *Einfühlung* dos filósofos alemães e à *charitas* católica. Aqui, de novo, a visão de Mário de Andrade opôs a passividade à rotina produtiva e aos afazeres da vida social. A própria escolha do elemento aquoso, de contorno indefinido, para ambientar essas cenas, sugere que o poeta almejava formas de vida mais livres que seriam alcançadas pela dissolução das normas muito rígidas.

Uma outra cena da viagem à Amazônia, registrada no diário e relembrada na correspondência com Oneyda Alvarenga, refere-se ao maravilhamento diante de uma revoada de pássaros na ilha de Marajó. Ela tem a ver com as situações anteriores, só que caminha na direção da determinação do que é a experiência estética. Mário de Andrade relata que, uma vez, a lancha em que viajava passou por um pouso de aves.

> "Deram um tiro no ar, todas as aves voaram. Eram centenas e centenas de colheireiras cor-de-rosa, de... ah! me escapa o nome daquele pássaro inteiramente encarnado... e garças. Tive uma tal sensação de lindeza, fiquei tão comovido, de repente deitei no chão da lancha. Todos se espantaram. E foi simplesmente, sem nenhum histerismo, me deitei sem estrondo, só porque não me agüentava mais, precisava descansar."[78]

A sensação de estar submetido a uma força avassaladora, que chega a derrubar no chão, foi associada, nesta altura, à comoção diante da "lindeza", isto é, ao prazer estético. Mário de Andrade ocupou-se, desde os primeiros ensaios nos anos vinte, com a definição da experiência estética. Porém foi só a partir da ida para o Rio, em 1938, para assumir o posto de professor de Filosofia e História da Arte na UDF, que ele pôde se dedicar mais sistematica-

[78]Mário de Andrade/Oneyda Alvarenga, *Cartas*, p. 284.

mente ao assunto. No conjunto da sua obra, três grupos de problemas relacionam-se com a noção de estética. Um traço os une, pois, em todos, é feita a recomendação da adoção de uma perspectiva desinteressada. Porém a compreensão de estética tomou direções diferentes em cada caso. A noção de estética compareceu no argumento central da aula inaugural do curso de 1938, "O artista e o artesão", para qualificar a atitude que deveria ser a do artista moderno, ao pretender superar os desvios do individualismo e do formalismo da sua época. Por meio da adoção de uma atitude estética, que exige a reconversão do artista à condição de artesão obediente às exigências materiais presentes no artefazer, a figura moderna do indivíduo-artista seria posta em xeque e a arte recuperaria a sua significação coletiva. A noção de estética figurou também na conferência de 1942, "O movimento modernista", como pólo oposto e complementar daquele de arte. Nesta altura, o elemento estético presente em toda obra de arte, relativo à busca da beleza, precisa submeter-se aos critérios artísticos, definidos em função da significação social da arte. A noção de estética apresentou, ainda, um terceiro sentido, próximo do que esteve presente na moderna filosofia da arte, que buscou dar conta da atitude contemplativa do espectador face à beleza na arte e, por este viés, definir as tarefas da crítica de arte.

Foi a filosofia alemã do Século das Luzes, em especial a obra de Kant, *Crítica da faculdade do juízo*, que elevou à dimensão conceitual o problema dos critérios do juízo de gosto. Kant, na verdade, não estava especialmente interessado em assuntos de arte. As preocupações da sua filosofia eram, antes, metafísicas e antropológicas. Sua doutrina tinha sido elaborada a partir de uma base dualista, que representava o homem como habitante de dois mundos — o espiritual, a que ele, conscientemente, buscava ter acesso, e o material, a que permanecia ligado pelas suas inclinações. A presença da oposição de impulsos formais e sensíveis, para usar as expressões de Schiller, na constituição humana, era uma ameaça para uma filosofia que perseguia uma imagem unificada do homem.[79] Na mesma época, a ruína do mundo tradicional e da concepção religiosa da realidade proporcionava o aparecimento de um cenário novo em que a fragmentação dos vários aspectos da experiência ensejava uma

[79]Schiller, *A educação estética do homem*, trad. Schwarz/Suzuki, São Paulo, Iluminuras, 1990.

reflexão específica sobre cada um deles. A sistematização do domínio da estética na filosofia foi uma resposta a essa nova situação. Para os filósofos que se deram conta dessa experiência da fragmentação, e que a viam como problemática, a estética mostrou-se um riquíssimo campo de investigações.

Se a experiência humana fosse composta, exclusivamente, por impulsos formais e sensíveis opostos, a natureza do homem seria, para sempre, irreconciliável. A experiência estética foi considerada uma ponte que assegura a passagem entre os dois mundos habitados pelo homem. Ela permite que se viva, sem conflito, tanto o pertencimento ao mundo material quanto ao espiritual. Com efeito, o homem manifesta no sentimento diante da beleza a sua dimensão sensível. No entanto, neste caso, os impulsos que existem nela não coagem, como acontece normalmente. A experiência estética, por outro lado, participa do domínio espiritual. Este, no entanto, não se apresenta regido por princípios estritamente formais. Diferentemente das experiências cognitiva e moral, de um lado, e de todas as formas de inclinação sensual, de outro, a experiência estética, afirmou Kant, é desinteressada.[80] Por causa disto, nela convivem espiritualidade e sensualidade e ela pôde ser vista como o símbolo da unidade da vida humana.

A experiência estética não contribui para o conhecimento daquilo que se admira. Nela não está em jogo nenhuma representação objetiva da realidade. Mário de Andrade manifestou essa convicção nas anotações que fez durante a preparação do curso da UDF, em 1938. Na nota sobre "O prazer estético",[81] ele distinguiu a apreensão estética, completamente passiva e gratuita, de outras formas de contato com a realidade, como a que visa o conhecimento verdadeiro e a que julga de um ponto de vista moral. Ao inspirar-se nos clássicos da estética moderna, Mário de Andrade defendeu a posição de que não é necessário conhecer uma coisa para poder apreciá-la e chegou, mesmo, a afirmar que o conhecimento é prejudicial ao bom ajuizamento estético.

Nas cartas que escreveu, nos últimos anos, aos jovens amigos Oneyda Alvarenga e Guilherme

[80]Kant, *Crítica da faculdade do juízo*, trad. Rohden/Marques, Rio de Janeiro, Forense Universitária, 1993, p. 49.
[81]"O prazer estético", *Gragoatá*, Programa de Pós-graduação em Letras, UFF, n. 7, 1999.

Figueiredo, Mário de Andrade mostrou-se um conselheiro atencioso nos momentos de incerteza profissional e pessoal. Os dois amigos manifestaram ao poeta sua insegurança por ocuparem a posição de críticos de arte, sem que se considerassem qualificados, do ponto de vista técnico, para opinar sobre vários assuntos. A resposta de Mário de Andrade veio sem hesitações. Primeiro, para Oneyda Alvarenga, depois, para Guilherme Figueiredo, ele insistiu na necessidade de se definir um critério para a apreciação estética autônomo relativamente ao conhecimento técnico. Argumentou que, no caso do artista, certamente, a habilidade técnica é essencial. O sucesso na realização da obra de arte depende do aprimoramento do saber-fazer do artista. Já o espectador e o crítico precisam desenvolver habilidades totalmente diferentes, que têm a ver, sobretudo, com a sua capacidade de se libertar de todos os interesses e de assumir uma postura estritamente contemplativa. As informações de natureza técnica que um crítico pode incluir na apreciação de uma obra são penduricalhos, adornos que não contribuem para o seu ajuizamento. Certamente, elas permitem que se reconheça, por exemplo, que Camões, em *Os Lusíadas*, imitou a cena da tempestade de Vergílio, que Garnier empregou falsamente colunas coríntias que nada sustentam na construção da Ópera de Paris e que Madalena Tagliaferro errou várias notas na execução de um prelúdio de Chopin. Mas serão estes dados relevantes para a apreciação estética?

Para Mário de Andrade, uma compreensão total e profunda da arte aproxima-se de um ato de amor, quando todos esses dados são desconsiderados e ocorre, verdadeiramente, entrega à obra que se aprecia, em um estado de empatia e de integração. A carta a Oneyda Alvarenga esclarece que a experiência estética permite esquecer "a imitação, os defeitos de métrica, as poucas notas erradas e o Chopin que não será exatamente o meu", e possibilita

> "viver tudo isso, numa integração, numa empatia em que eu sou Camões ou Madalena Tagliaferro, sem ao menos perder todos os meus atributos pessoais de ser histórico e do meu tempo, e de ser indivíduo inconvertível".[82]

A *charitas* católica é vista, nessas passagens, como o modelo da experiência estética. Mário de Andrade

[82]Mário de Andrade/Oneyda Alvarenga, *Cartas*, São Paulo, Livraria Duas Cidades, p. 279.

não procura nela alguma dimensão mística, como a que está presente na relação da criatura com seu Criador, que é "possessão absoluta e totalitária". Diferentemente da elevação religiosa e, também, da tradição da filosofia, a dimensão estética não possui um caráter estritamente espiritual, mas é experiência sensualíssima. Ela aproxima-se da vida amorosa, porque nas duas há manifestação de uma atitude de desprendimento de si.

Também a filosofia foi apontada por Mário de Andrade como um recurso para o aprimoramento da perspectiva estética. É claro que ele não tinha em mente reivindicar alguma doutrina, nem partilhava do ideal ascético tão freqüente na tradição filosófica. Chamava a sua atenção, sobretudo, o fato de a filosofia ser um saber não sistemático e desinteressado, diferente das ciências, e de ela possibilitar um contato imediato e sentido com a realidade. A nota sobre "O prazer estético" indica que, por essa via, uma visão mais completa do real seria alcançada e que a beleza, também chamada de esplendor, deveria ser identificada à "primeira integridade" das coisas.[83]

[83]"O prazer estético", *Gragoatá*, Universidade Federal Fluminense, 1999, p. 10.

Sem pretender fazer teorias, Mário de Andrade descreveu em carta de meados de 1940, em que comunicava a Oneyda Alvarenga a mudança para o novo endereço no morro de Santa Teresa, no centro do Rio, a posição privilegiada do espectador na experiência estética. Tal como ocorre com freqüência nas passagens confessionais, sentimentos variados estão juntos e podem até opor-se em grande tensão. Melancolia, humor, angústia e desconforto estão presentes. Além disso, há a serenidade que acompanha a percepção de estar só, longe do burburinho da cidade, posicionado a uma distância tal que, ao invés de impedir a visão, a torna mais precisa. Nesse contexto, o poeta sente uma enorme satisfação, uma volúpia da experiência da pura visão.

> "É nas alturas com silêncio, bons ares, vistas lindas e alguma falta d'água. Não sei se fico aqui. Só a noção de que pode faltar água em minha vida me deixa profundamente sujo, é horrível. Talvez me acostume. Se me acostumar, fico aqui, pois tudo o mais são delícias de silêncio, calma, isolamento do mundo. Me sinto prodigiosamente só. Parece que a antítese de estar vendo a cidade populosa perto mas lá embaixo, aumenta o senti-

mento de solidão, de libertação da sociedade e da civilização. E é só isto que peço agora: estar só, sozinho, de longe, com meus horríveis, desconcertados e contraditórios pensamentos. Me sinto perfeitamente caótico e não faço nada. Uma volúpia esta solidão sem fazer nada. É espantoso como estou vivendo apenas dos meus olhos. Mas não me utilizo deles pra ler não. Fico horas perdido, sem pensar, sem amar, sem detestar, olhando as vistas. Sinto que elas me fazem bem e não me fatigo delas. Mas não penso nelas, só os olhos vivem. Só os olhos vivem por enquanto."[84]

Ao longo do século XIX, a experiência estética e seu modo de ser desinteressado, que tiveram um papel tão central na filosofia do Século das Luzes, passaram a ser vistos como um tópico da psicologia e foram identificados a uma forma de sensação. A esse respeito, os pensadores clássicos tinham sido bastante claros. O motivo pelo qual o prazer estético não pode ser igualado a uma sensação tem a ver com o fato de que esta nunca é, propriamente, desinteressada. O prazer que se tem com as sensações agradáveis sempre gera algum tipo de inclinação e,

[84]Mário de Andrade/Oneyda Alvarenga, *Cartas*, p. 234.

como é sabido, nestes casos, tem-se a tendência a tomar as coisas para si e não a contemplá-las simplesmente. Porém o fato de a experiência estética exigir a suspensão das atividades da lida com o mundo e de a sensação ser identificada a um estado de impregnação passiva por alguma coisa conduziu muitos autores a aproximar as duas e a atribuir também à experiência estética uma forma de passividade. Esse raciocínio de base dualista, que situa em pólos opostos os elementos ativo e passivo, esteve presente na concepção estética de Mário de Andrade. Tal como ocorreu com os psicólogos que o inspiraram, o poeta não se deu conta de que a postura desinteressada que caracteriza a atitude estética envolve uma forma bem particular de atividade, que consiste em liberar-se de seus próprios interesses para poder considerar as coisas em sua integridade. A esse respeito, Hannah Arendt afirmou, em um ensaio dos anos cinqüenta sobre a crise da cultura, que

> "o critério apropriado para julgar aparências é a beleza; se quiséssemos julgar objetos de uso ordinários, unicamente por seu valor de uso e não também por sua aparência — isto é, por serem belos, feios ou algo de intermediário —, teríamos de arrancar fora nossos olhos. Contudo, para nos

tornarmos cônscios das aparências, cumpre primeiramente sermos livres para estabelecer certa distância entre nós mesmos e o objeto, e quanto mais importante é a pura aparência de uma coisa, mais distância ela exige para sua apreciação adequada. Tal distância não pode surgir a menos que estejamos em condições de esquecer a nós mesmos, as preocupações, interesses e anseios de nossas vidas, de tal modo que não usurpemos aquilo que admiramos, mas deixemo-lo ser tal como o é, em sua aparência".[85]

"Meditação sobre o Tietê" foi a última realização poética de Mário de Andrade, escrita nas semanas que antecederam a sua morte, em fevereiro de 1945 — quatro anos após o regresso do Rio de Janeiro, quase três anos após a conferência do Itamaraty.[86] Em 1941, a volta ao ambiente protetor da rua Lopes Chaves, em São Paulo, foi decidida com um soco na mesa de um bar, no centro do Rio, e significou a tentativa de aplacar a enorme angústia que se apossara do poeta desde 1938, quando se sentiu, pela primeira vez, inseguro do significado da sua vocação de artista. Os

[85] Hannah Arendt, *Entre o passado e o futuro*, São Paulo, Perspectiva, p. 263.

[86] Mário de Andrade, "Meditação sobre o Tietê", *Poesias completas*, São Paulo, Martins.

anos que se seguiram, em São Paulo, não trouxeram o conforto esperado. Na origem de tanto sofrimento estava a percepção muito nítida de que toda a vida dedicada a um valor utilitário, toda a deformação infligida à obra do artista que pretendeu servir a uma causa coletiva não passavam da expressão do mesmo individualismo que tinha caracterizado o movimento modernista, desde 1922. A conferência comemorativa dos vinte anos da Semana, no Rio, em 1942, constituiu o ponto alto e mais pungente da dura revisão crítica, feita por Mário de Andrade, do modernismo e da sua própria trajetória de vida. A reação ao diagnóstico negativo que encerrava a conferência foi uma exortação à participação política. Ao dirigir-se à nova geração que o ouvia na biblioteca do Itamaraty, repreendeu aqueles que se mantinham como "espiões da vida" e conclamou a marchar com as multidões.

"Meditação sobre o Tietê" inscreve-se na direção do pensamento estético de Mário de Andrade, que em tudo contrasta com o ativismo da conferência de 1942 e de outros textos do período. Já a postura meditativa referida no título, que dá o tom do poema, caracteriza-se pela contenção da ação e pelo recolhimento interiorizado. No entanto a singularidade do poema de 1945 está em que ele articula as preocupações estéticas com o impulso crítico que sustentava a opção militante dos últimos anos, pois esta é a matéria de que ele trata. Com esse procedimento, a figura do poeta que buscava o engajamento na ação sofreu uma transformação e a experiência estética adquiriu uma carga dramática, que esteve na origem da elaboração de uma nova solução poética.

Mário de Andrade mencionou, em carta a Henriqueta Lisboa, a importância de "Meditação sobre o Tietê" na sua obra poética. Sabia que o poema ocupava um papel de destaque, mesmo reconhecendo que ele era amargo, doloroso e desenhava toda a condição da luta com que convivia intimamente. Ao mesmo tempo, distinguia o poema de outros já escritos como "O Carro da Miséria", dos anos trinta, que lhe parecia antiestético, grotesco, grosseiro e desesperado. "Meditação sobre o Tietê" é um poema muito mais calmo, cujo motivo é

> "um reconhecimento dolorido da minha incapacidade pra me ultrapassar e fazer alguma coisa de proveitoso à humanidade. E se esforça pra ser belo, mas um belo de pedra, de granito bem duro, antes de bronze, porque é de um material que dá som".[87]

[87]Mário de Andrade, *Querida Henriqueta*, Rio de Janeiro, José Olympio Editora, 1990, p. 175-176.

Em diversas ocasiões, Mário de Andrade associou a imagem das águas de um grande rio à força dos estados emocionais que exigem o desprendimento de si e alguma forma de entrega, como ocorre na experiência estética. Depois da "viagem etnográfica", de 1927-1928, o Amazonas passou a figurar como o cenário de uma vida livre de códigos de conduta muito rígidos e como o símbolo de um poder que se impõe aos indivíduos e os submete. "Meditação sobre o Tietê" também tem como imagem central a correnteza do rio. Porém, no caso, trata-se de uma correnteza contrariada. O Tietê é um rio que, ao contrário dos outros, não se dirige para o oceano, mas tem o seu curso voltado para o interior. É certo que ele é, também, correnteza, só que marcada pela contradição do seu curso. Na invocação do início do poema, retomada várias vezes, é feita uma comparação entre o Tietê e os outros grandes rios, especialmente o Amazonas, cujas águas túrbidas são, a certa altura, chamadas de "meu outro sinal". Enquanto o Amazonas e os demais rios trazem, ao fluírem, a promessa do encontro com o mar, com a sua dimensão aberta e ilimitada, e antecipam a fama das tempestades do Atlântico, cantadas em versos que falam em partir e nunca mais voltar, o Tietê é rio sarcástico, tem a insistência turrona paulista, proíbe praias e mar e mergulha dentro da terra dos homens como húmus e como bicho. Além disso, suas tempestades não são as do mar aberto, mas as da vida humana com todos os seus dramas.

> "Meu rio, meu Tietê, onde me levas? / Sarcástico rio que contradizes o curso das águas / E te afastas do mar e te adentras na terra dos homens, / Onde me queres levar?... / Por que me proíbes assim praias e mar, por que / Me impedes a fama das tempestades do Atlântico / E os lindos versos que falam em partir e nunca mais voltar? / Rio que fazes terra, húmus da terra, bicho da terra, / Me induzindo com a tua insistência turrona paulista / Para as tempestades humanas da vida, rio, meu rio!..."[88]

Uma outra imagem da contrariedade está presente no poema, que representa o constrangimento da correnteza pelas margens estreitas. Mário de Andrade descreve a força do rio contida pelas praias sequiosas por meio da figura de um peito

[88]Mário de Andrade, *Poesias completas*, p. 305-306.

"fechado e mudo, mudo e vivo", de fôlego represado e em enorme tensão. Mesmo a descrição da lenta passagem da água do rio, pesada e oleosa, à noite, recolhendo as luzes e as cenas da cidade e, em seguida, de novo, desaparecendo na escuridão, é feita de modo a conter a referência a uma grande força e à sua contenção.

A contenção tem a ver com o aprisionamento multimilenar dos homens à injustiça e à impiedade, ao que o poeta chama de a "trágica sina do rolo das águas". O apelo da terra ouvido no poema traz as marcas da "dor humana pertinaz" e faz com que o rio se torne o "barro dos sofrimentos dos homens". Tudo isso impede que a correnteza flua sem entraves, o que significa que já não há para o poeta a possibilidade da fruição estética desinteressada: "Toda a graça, todo o prazer da vida se acabou." Tampouco há lugar para qualquer tentação individualista: "Já nada me amarga mais a recusa da vitória do indivíduo, e de me sentir feliz em mim." A cauda do pavão, símbolo da vaidade, que poderia abrir-se orgulhosa e reflorescente, aparece, nesta altura, pesada, ilusória e arrastada sem músculo.

Todas essas passagens fazem parte de um movimento do poema de tomada de consciência dos dramas coletivos em que, generosamente, o poeta se envolve. Ele descortina um painel da vida da cidade de São Paulo em que estão presentes marcos históricos e contemporâneos, todos relacionados à dominação pelos donos da vida surdos aos insistentes apelos do autor:

> "Porque os homens não me escutam! Por que os governadores / Não me escutam? Por que não me escutam / Os plutocratas e todos os que são chefes e são fezes? / Todos os donos da vida?"[89]

É verdade que existe a esperança de uma "outra vida melhor do outro lado de lá da serra". No entanto, em nenhum momento, ouve-se a conclamação à ação como meio para instaurar uma nova ordem, uma Idade Novíssima, como tinha sido o caso na conferência de 1942. Ao invés disso, uma grande dor acompanha as últimas estrofes do poema. Ela expressaria o reconhecimento da incapacidade de tomar posição, como Mário de Andrade sugeriu na carta à amiga Henriqueta Lisboa? Seria um sinal do

[89]Idem, p. 311.

individualismo nunca superado? O poema afirma: "Estou pequeno, inútil, bicho da terra, derrotado." Pouco mais adiante, exclama: "Eu me acho tão cansado em meu furor."

Porém, já nas linhas seguintes, este tom menor e desconsolado é suspenso e expressões de júbilo têm lugar:

> "No entanto, eu sou maior... Eu sinto uma grandeza infatigável! / Eu sou maior que os vermes e todos os animais. / E todos os vegetais. E os vulcões vivos e os oceanos, / Maior... Maior que a multidão do rio acorrentado, / Maior que a estrela, maior que os adjetivos, / Sou homem! Vencedor das mortes, bem nascido além dos dias, / Transfigurado além das profecias!"[90]

A construção em antítese é a mais característica de "Meditação sobre o Tietê". Ela expressa a enorme tensão vivida pelo poeta pressionado, de um lado, pelas exigências morais, exacerbadas pela situação política da época, e, de outro, pela atração da fruição puramente estética. No final sinfônico do poema, vozes desencontradas opõem-se e pro-

[90]Idem, p. 314.

curam se ajustar. De um lado, é feita menção às auroras represadas, levadas para o peito do sofrimento dos homens, de outro, sustenta-se muito viva a imagem da correnteza, que representa o impacto da experiência estética. A tensão nunca totalmente resolvida entre essas duas forças constitui a base sobre a qual se ergue uma nova solução poética.

É verdade que nas últimas linhas a imagem da correnteza sobressai e indica o tom dominante de "Meditação sobre o Tietê". Antes mesmo, já se lia que o verso tomara "as cordas oscilantes da serpente, rio." No desfecho do poema, despontam duas novas e intrigantes imagens — a de "uma lágrima, apenas, uma lágrima" que se dilui nas águas do rio e a de uma alga escusa levada pela correnteza, com que o autor se identifica. "Meditação sobre o Tietê" apresenta-se como o momento de máxima tensão na imaginação do poeta, devida à afirmação simultânea da atração da fruição estética e das exigências da vida ética e política. Do confronto dessas duas forças muito vigorosas resulta a realização do impressionante poema, que abriga em seus versos intensa carga dramática. Teria o poeta, nessa altura, alcançado a serenidade referida nas imagens derradeiras da lágrima diluída e da alga escusa? O poema está datado de 30 de novembro de 1944 a 12 de fevereiro de 1945. Mário de Andrade morreu duas semanas depois, em 25 de fevereiro.

Bibliografia

Amaral, Aracy, *Arte para quê?*, São Paulo, Nobel, 1987.

Alvarenga, Oneyda, *Mário de Andrade — um pouco*, Rio de Janeiro, José Olympio Editora, 1974.

———, "Sonora política", *Revista do Arquivo Municipal*, vol. 198, São Paulo, 1990.

Andrade, Mário de, *Ensaio sobre Música Brasileira*, São Paulo, Chiarato, 1928.

———, *Compêndio de História da Música*, São Paulo, Chiarato, 1929.

———, *O empalhador de passarinho*, São Paulo, Martins/INL, 1972.

———, *Aspectos da Literatura Brasileira*, São Paulo, Martins/INL, 1972.

———, *Música, doce música*, São Paulo, Martins/INL, 1976.

———, *Aspectos das Artes Plásticas no Brasil*, São Paulo, Martins/INL, 1975.

———, *Modinhas imperiais*, Belo Horizonte, Itatiaia, 1980.

———, *Macunaíma*, ed. crítica (coord. Telê P. Ancona Lopez), Coleção Arquivos, Unesco/Ed. UFSC, 1988.

———, *Poesias completas*, São Paulo, Martins.

———, *O Banquete*, São Paulo, Duas Cidades, 1989.

———, *Aspectos da Música Brasileira*, Belo Horizonte-Rio de Janeiro, Villa Rica, 1991.

———, *Introdução à Estética Musical*, São Paulo, Hucitec, 1995.

———, *O baile das quatro artes*, São Paulo, Martins.

———, *O turista aprendiz*, São Paulo, Duas Cidades, 1976.

———, *Obra imatura*, São Paulo, Martins, 1960.

———, *Vida literária*, São Paulo, Hucitec, 1993.

———, *Táxi e crônicas do Diário Nacional* (ed. Têle P. A. Lopez), São Paulo, Duas Cidades, 1976.

———, *Será o Benedito*, São Paulo Educ, 1992.

———, *Música e jornalismo*, São Paulo, Edusp, 1993.

———, *Contos novos*, São Paulo, Martins, 1989.

———, *Quatro pessoas*, Belo Horizonte, Editora Itatiaia, 1985.

———, *Cartas de trabalho* (ed. Lélia Coelho Frota), Brasília, Sphan/Pró-Memória, 1981.

———, *Mário de Andrade escreve cartas a Alceu, Meyer e outros* (coligidas por Lygia Fernandes), Rio de Janeiro, Editora do Autor, 1968.

——, *Cartas a Álvaro Lins*, Rio de Janeiro, José Olympio, 1983.

——, *Querida Henriqueta*, Rio de Janeiro, José Olympio Editora, 1990.

——, *A lição do guru* (Cartas a Guilherme Figueiredo), Rio de Janeiro, Civilização Brasileira, 1989.

——, *Cartas a Murilo Miranda*, Rio de Janeiro, Nova Fronteira, 1981.

——, *Correspondente contumaz* (Cartas a Pedro Nava), Rio de Janeiro, Nova Fronteira.

——, *Mário e o pirotécnico aprendiz*, Cartas de Mário de Andrade a Murilo Rubião, Belo Horizonte, Editora da UFMG, 1995.

——, *Carta ao pintor moço*, São Paulo, Boitempo Editorial, 1995.

——, *Portinari, amico mio* (org. Anna Teresa Febris), São Paulo, Mercado de Letras, 1995.

——, *71 Cartas de Mário de Andrade* (org. Lygia Fernandes), Rio de Janeiro, Livraria São José.

——, *Cartas a um jovem escritor*, Rio de Janeiro, Record, 1981.

——, *Cartas a Anita Malfatti*, Rio de Janeiro, Forense, 1989.

——, *Curso de Filosofia e História da Arte* (mimeo.), São Paulo, GFAU, 1955.

———, *A imagem de Mário; fotobiografia de Mário de Andrade*, Rio de Janeiro (org. Telê Ancona Lopez), Edições Alumbramento/Livroarte Editora, 1998.

———, *Entrevistas e depoimentos* (ed. Telê Ancona Lopez), São Paulo, TA Queiroz, 1983.

———, *A Enciclopédia Brasileira*, São Paulo, Edusp, 1993.

———, "O prazer estético", *Gragoatá, Revista do Programa de Pós-graduação em Letras*, UFF, n. 7, Segundo Semestre de 1999.

———, "Arquitetura colonial", *Diário Nacional*, 25-8-1928.

———, "Exposição duma casa modernista", *Diário Nacional*, 5-4-1930.

———, "Brazil Builds", *Folha da Manhã*, 23-3-1930.

———, "Scarlatti", *Revista Brasileira de Música*, vol. IX, 1940.

———, "Chostacovich", in V. Seroff, *Dmitri Shostakovich*, Rio de Janeiro, O Cruzeiro, 1945.

Andrade, Mário de, Alvarenga, Oneyda, *Cartas*, São Paulo, Duas Cidades, 1983.

Andrade, Mário de, Andrade, Carlos Drummond de, *Carlos e Mário* (org. Silviano Santiago), Rio de Janeiro, Bem-Te-Vi Produções Literárias, 2002.

Andrade, Mário de, Bandeira, Manuel, *Correspondência* (org. Marcos Antonio de Moraes), São Paulo, Edusp, 2000.

Andrade, Oswald de, *Do Pau-Brasil à antropofagia e às utopias, Obras completas* — 6, Rio de Janeiro, Civilização Brasileira, 1972.

Andrade, Rodrigo Melo Franco de, *Rodrigo e o Sphan*, Brasília, MinC — Sphan — Pró-memória, 1987.

Arendt, Hannah, *Origens do totalitarismo* (trad. Roberto Raposo), São Paulo, Companhia das Letras, 1989.

———, *Entre o passado e o futuro* (trad. Mauro Barbosa de Almeida), São Paulo, Perspectiva, 1972.

Avancini, José Augusto, *"Expressão" plástica e consciência nacional na crítica de Mário de Andrade*, Tese de doutoramento, São Paulo, Departamento de Filosofia, USP, 1992.

Bandeira, Manuel, *Colóquio unilateralmente sentimental*, Rio de Janeiro, Record, 1968.

Berriel, Carlos Eduardo (org.), *Mário de Andrade/ Hoje*, São Paulo, Editora Ensaio, 1990.

Bomeny, Helena, *Darcy Ribeiro, sociologia de um indisciplinado*, Belo Horizonte, Editora da UFMG, 2001.

Brito, Mário da Silva, *História do Modernismo Brasileiro — Antecedentes da Semana de Arte Moderna*, Civilização Brasileira, 1971.

Bulhões, Maria Amélia e Kern, Maria Lúcia B., *A Semana de 22 e a emergência do modernidade no*

Brasil, Porto Alegre, Secretaria Municipal de Cultura, 1992.

Candido, Antonio, *Brigada Ligeira e outros escritos*, São Paulo, Editora da Unesp, 1992.

———, *Literatura e sociedade*, São Paulo, Companhia Editora Nacional, 1973.

Carnicel, Amarildo, *O fotógrafo Mário de Andrade*, Campinas, Editora da Unicamp, 1993.

Cavalcanti, Maria Laura V.C., "Cultura popular e sensibilidade romântica: as danças dramáticas de Mário de Andrade", *Revista Brasileira de Ciências Sociais*, vol. 19, no. 54, Anpocs/Adusc, fev. 2004.

Coli, Jorge, *Música final*, São Paulo, Editora da Unicamp, 1998.

Costa Lima, Luiz, *Lira e antilira*, Rio de Janeiro, Civilização Brasileira, 1968.

Duarte, Paulo, *Mario de Andrade por ele mesmo*, São Paulo, Edart, 1971.

Espinheira Filho, Ruy, *Tumulto de amor e outros tumultos*, Rio de Janeiro, Record, 2001.

Fabris, Annateresa (org.), *Modernidade e Modernismo no Brasil*, Campinas, Mercado de Letras, 1994.

———, *Portinari, pintor social*, São Paulo, Perspectiva, 1990.

Mello e Souza, Gilda de, *Exercícios de leitura*, São Paulo, Duas Cidades, 1980.

Moraes, Eduardo Jardim de, *A brasilidade modernista: sua dimensão filosófica*, Rio de Janeiro, Graal, 1978.

———, *Limites do moderno*, Rio de Janeiro, Relume Dumará, 1999.

Moraes, Rubens Borba de, *Lembrança de Mário de Andrade*, São Paulo, 1979.

Heidegger, Martin, *Ser e tempo*, trad. Márcia de Sá Cavalcante, Petrópolis, Vozes, 1989.

Holanda, Sérgio Buarque de, *Raízes do Brasil*, Rio de Janeiro, José Olympio, 1973.

Inojosa, Joaquim, *O movimento modernista em Pernambuco*, Rio de Janeiro, Gráfica Tupy.

Kant, *Crítica da faculdade do juízo*, trad. Valério Rohden e Antonio Marques, Rio de Janeiro, Forense, 1993.

Lafetá, João Luiz, *1930: A crítica e o modernismo*, São Paulo, Duas Cidades, 1974.

———, *Figuração da intimidade*, São Paulo, Martins Fontes, 1986.

Lopez, Telê P. Ancona, *Mário de Andrade: Ramais e caminhos*, São Paulo, Duas Cidades, 1972.

———, *Mariodeandradiando*, São Paulo, Hucitec, 1996.

Mário de Andrade no Acervo da Biblioteca Nacional – Rio de Janeiro, Biblioteca Nacional, 1995.

Maritain, Jacques, *Art et Scolastique*, Paris, Librairie de l'Art Catholique, 1947.

Ortega y Gasset, *La Deshumanización del Arte*, Madri, Espasa Calpe, 1987.

Queiroz, Maria Isaura Pereira de, "Cientistas sociais e o auto-conhecimento da cultura brasileira através do tempo, *Cadernos do Ceru*, 13, Série 1, 1980.

———, "Brésil, XIXe. Siècle: les précurseurs des sciences socials", *Culture, science et développement*, Toulouse, Privat, 1979.

Sandroni, Carlos, *Mário contra Macunaíma*, São Paulo, Vértice, 1988.

Schiller, *A educação estética do homem*, trad. R Schwarz e M. Suzuki, São Paulo, Iluminuras, 1990.

Schwartzman, S., Bomeny, H.M., Costa, Vanda M.R., *Tempos de Capanema*, Rio de Janeiro, Paz e Terra, 1984.

Souza, Eneida M., *A pedra mágica do discurso*, Belo Horizonte, Editora da UFMG, 1999.

Souza, Eneida M. e Schmidt P. (org.), *Mário de Andrade — Carta aos mineiros*, Belo Horizonte, Editora da UFMG, 1997.

Travassos, Elizabeth, *Os mandarins milagrosos*, Rio de Janeiro, Jorge Zahar/Funarte, 1997.

Villas-Boas, Gláucia, "Iluminista e Romântico: o tempo passado em *Os Sertões* de Euclides da Cunha", *História, Ciências, Saúde — Manguinhos*, vol. V, julho de 1998.

Werneck de Castro, Moacir, *Mário de Andrade — Exílio no Rio*, Rio de Janeiro, Rocco, 1989.

Zílio, Carlos, *A Querela do Brasil*, Rio de Janeiro, Funarte, 1982.

O texto deste livro foi composto em Sabon, desenho tipográfico de Jan Tschichold de 1964, baseado nos estudos de Claude Garamond e Jacques Sabon no século XVI, em corpo 10/13,5. Para títulos e destaques foi utilizada a tipografia Frutiger, desenhada por Adrian Frutiger em 1975.

A impressão se deu sobre papel off-white 80g/m^2 pelo Sistema Cameron da Divisão Gráfica da Distribuidora Record.